遠藤周作初期エッセイ

現代誘惑論

遠藤周作

河出書房新社

現代誘惑論　遠藤周作初期エッセイ　†　目次

III

Ⅳ

V

資料協力＝長崎市遠藤周作文学館
町田市民文学館ことばらんど

現代誘惑論

遠藤周作初期エッセイ

I

現代誘惑論

1　ドン・ファンとプレイ・ボーイ

私の友人がこの間の夜、一仕事おわったので六本木で飲んでいた。水割りウイスキーをゆっくり二杯ほどあけた頃、突然、黒眼鏡《サングラス》をかけた若い男がさっと酒場に入ってきた。女給や客をジロッと見わたすとパッと眼鏡をとって胸ポケットに差しこみ、止り木に腰かけて、

「オン・ザ・ロック」ここまでは大声だったが、あとは小声で「……のトリス」

「誰、あの人？」

私の友人はおずおずと聞くと、女給は、

「まあ、知らないの。プレイ・ボーイよ。プレイ・ボーイの本を書いたNさんが黒眼鏡をトレード・マークにしてるでしょ。だから、……若い人に夜でもサングラス、かけるのが

流行しているの」

細身のズボンにカルダン・タイをしめ、サングラスをかけて歩くのは颯爽としている。

私の友人はこれだ、これだと思い、次の日、去年の夏に夜店で買った黒眼鏡をかけて新宿に出かけていった。道ゆく女が彼を振りかえるような気がするから妙である。なじみの酒場の扉をあの若い男のように肩で押して入ると、みんながびっくりして、彼をポカンと見ている。

「どう?　イカスだろう、この姿」

「まア。あんただったの、あたし、按摩《あんま》さんか、と思った」

私の友人は三日間ほど随分、腐っていた。

だが私の友人が猿まねをしたプレイ・ボーイとは何だろう。近頃の週刊誌にはいろいろと説明してあるが、要するに女にもてたい男か、女をひっかける男のことである。

人間誰でも男に生まれれば女にもてたいし、たくさんの女にさわがれたい気持は必ずある。これを読んでくださる貴君だってそうだろうし、二宮尊徳だって、池田首相だって同じであろう。

だが注意して頂きたいことがある。プレイ・ボーイというのは女を次々とひっかけて歩く男だから、ドン・ファンと同じ意味だと思ってはならない。また江戸時代に吉原に遊ぶ遊蕩児が理想像とした通人とプレイ・ボーイとを混同してはならぬ。

プレイ・ボーイは日本語に訳せば文字通り遊蕩児となるが、江戸時代のそれとは私の考えでは随分違うように思う。ましてドン・ファンとは厳然として一線を劃《かく》せねばならぬ。では、どう違うのか。話が少しむずかしくなるがこれは大切なことだから我慢して読んで頂きたい。

ドン・ファン（ドン・ジュアン）はもともとスペインの伝説的人物だ。この伝説的人物が歌劇になったり、仏蘭西《フランス》の戯曲になったりさまざまの芸術家たちの手によって今日まで描かれてきたのだが、いずれの場合にせよ、このドン・ファンの本質をきめるものが二つある。

その一つは彼が女性にたいして、きびしいえり好みをするということであり、第二はドン・ファンは、彼が捨てたさまざまの女性の憎悪を一身に背おいながら生きているということだ。

歌劇にせよ、モリエールの芝居にせよ、ドン・ファンは決してどの女にも手をだすというのではない。日本でドン・ファンといえば手あたりばったりに女をあさる男のことを指しているようだが、本当の意味はこれは大きな間違いなのである。

ドン・ファンは決して手に入れやすい女を相手にはしない。西欧には同じ漁色家の代表としてカザノバという男がいたが、この男の場合は文字通り質より量、行くさきざきで料理屋の女、娼婦、あらかじめ男になびく姿勢をもっている女を次から次へと手に入れてその数を誇り悦《よろこ》んだ。だが、ドン・ファンと女性との関係は決してこんなものではない。

ドン・ファンは男に屈服しない女性、征服しがたい高貴な女、男の誘惑を軽くあしらうサロンの婦人たちだけを誘惑しようとした。女の抵抗やあらがいが大きければ大きいほど彼の情熱は倍加していったと言えるのだ。

なぜか。

それはドン・ファンの心のなかに理想とする女の永遠像があったからである。男ならば誰でも心のうちに、女性の理想像としてその面影があろうが、ドン・ファンは現実にその理想のマドンナの姿を追って、女から女へと歩いたのだ。

だが、理想のマドンナの姿は彼にとってあまりにも高貴すぎた。現実の女性は彼のその憧憬の一部分はみたしてくれたかもしれぬがその全体を充足させてはくれない。ドン・ファンはその恋についても、うつろな空虚な風が通りぬけるのを感じなければならなかった。

だからドン・ファンは一人の女から次の女へ、次の女から別の女へと歩かねばならなかったのである。心にひめた女性の理想像をうつせみに具顕《ぐけん》するような女性をこうして彼は探したのである。

ドン・ファンが捨てた女が彼に憎しみを抱くのは当然であろう。ドン・ファンは彼女たちに「あなたは私の考えていた女性ではなかった」と言うからだ。それは捨てられたという事実よりも女たちの自尊心を傷つける最も残酷な言葉だったからである。どんな女だって自分が愛した男の理想像になりえなかったと思い知らされるほど大きな屈辱はない。こうしてドン・ファンの過去には彼が捨てた女たちの憎悪が凄惨な影でまつわりついている。

さきほど一寸《ちよつと》ふれたカザノバの場合はこれと事情が違う。カザノバの場合、女たちはこの男から自尊心を傷つけられない。だから彼女たちは男との快楽の思い出だけに耽ることができる。カザノバは傷つかず、女たちも傷つかぬのはそのためだ。

話が少し固くなったが、我慢して読んで下さった読者は、プレイ・ボーイと本当のドン・ファンの違いがもうおわかりだろう。プレイ・ボーイ——つまり近頃、雨後のたけのこのように出てきた日本の遊蕩児の目的は、女をひっかけまわりたくさんの女と交情を結ぶことが第一の目的だ。黒眼鏡をかけ、自動車をもち、非情そうな表情をつくってみせても、それは要するに女にもてるという目的のためだけだ。

しかし、ドン・ファンにとっては女にもてることが目的ではなく、理想像にたどりつくことがその生きかたなのである。理想像が存在するか、どうかは彼は知らない。しかし存在するためには、彼はどうしても誘惑を重ねていかねばならないのだ。

ところで、プレイ・ボーイとは日本の江戸時代にもあった遊蕩児と同じだろうか。いや、いや、これも本質は全く違うように私には思われる。

江戸吉原に遊んだ遊蕩児にはやはりドン・ファンと同じように、理想像があった。これは江戸時代の小説類を読めばよくわかることだが、遊蕩児の理想は「通人」になるということだった。通人というのは普通、遊びかたに巧みな男と考えられているようだが、これは一寸、意味が違う。

通人というのは男と女との哀しみに通じた人の意味だと言ってよい。江戸末期には通人というのは自分が惚れた女をその恋人と一緒にさせて少しも恨まぬ寛大な心量の持主を指すようになった。

そういうことは今の我々には馬鹿馬鹿しくみえるかもしれぬが、しかし馬鹿馬鹿しくみえぬことが一つある。それは彼等遊蕩児にも女と遊ぶさいのきびしい心得や、自分がこうありたいという遊蕩理想像があったという点だ。色の道から彼等が人間の心に通じ、人生の本質をさぐれたのもそのためだったと言ってよい。

だからプレイ・ボーイはいわゆる日本の遊蕩児とも言えない。

ドン・ファンでもなく、遊蕩児でもないプレイ・ボーイは一体、なんと訳したらよいか。

強いて言えばこれを「馬鹿」と訳すのが一番適当だろうと思う。

なぜ、彼等が馬鹿かは、これから次々、書いていくつもりだが、大きく分ければその理由は二つある。

一つはプレイ・ボーイたちは女を質でなく量でこなすことによって満足しているからである。彼等には女性にたいする選択というものがない。プレイ・ボーイが相手にするのは大体プレイ・ガールたちである。プレイ・ガールというのはもともと、男から征服されるのを待っている連中だから、黒眼鏡に車一台でも持つ男には、すぐ屈服してしまう。プレイ・ボーイは要するに自分が必ず勝つにきまっている相手しか選ばない。年下のかよわい下級生を相手にして「勝った、勝った」と悦んでいる鼻たれと、その精神において異なるところがない。彼等はもっとも手ごわい女性は避けて通るのだ。同じ登山をするならば人跡未踏のK2峯やヒマラヤ山脈を登ってこそ男子一生の悦びの一つだが、ケーブルのついた高尾山ぐらいを登って「俺は山男だ」と威張っているようなものである。

第二に彼等は捨てた女性から憎まれることを極端におそれている。私はあるプレイ・ボーイの一人が「女と別れる方法が一番むずかしい」と言うのを聞いたが、その意味は女から恨まれずに別れる方法ということであろう。つまり、彼等は捨てた女の憎悪を敢然としてうける勇気がないというわけだ。ここが、ドン・ファンと彼等との本質的な差だと言えよう。これはケガをしてまでロック・クライミングをするよりは二十円はらってケーブルか登山電車にのり頂上に行こうという精神である。本当の山男がきいたら泣くだろう。

男ならば誰だって女性を誘惑したい欲望はある。大事なことはこの欲望の有無ではなく彼女たちを誘惑する手段と目的とがどこにあるかという点だ。ここのところをよく考えて頂きながら次の章を読んで頂きたいと思う。

2　ドン・キホーテ型プレイ・ボーイについて

ドン・キホーテの名は誰だって知っているであろう。スペインの有名な作家セルバンテスの作中人物の名である。このドン・キホーテ氏はいささか誇大妄想の気味があって、あぶを退治しているうちに自分があまた敵の騎士にうち勝つ大剣豪であると錯覚するにいたった。ドン・キホーテはもちろん小説の人物であるが、現実にもこのドン・キホーテ型人物は多い。

私の友人で自称登山家がいる。夏になると必ず、山の絵葉書を私に送ってくれるが、それはたとえば次のようなものだ。

「本日、八ケ岳を征服。命を賭けてのロック・クライミングの後、銀嶺の頂きに宇宙の大気をすいこむ悦びと幸福感は、汝にはわかるまい。ああ、憐れなる汝、都会の一愚衆よ。汚れたるシラミよ、下界にうじうじして人生がわかるか。黒姫ヒュッテにて、楠本生」

ざっとこんなぐあいである。

憐れなる汝よ、汚れたるシラミよ、などと呼ばれればいかに忍耐づよい私も頭をかかえざるをえないが、こちらは銀嶺を征服した経験があまりないのだから言いかえすこともできん。

ところがたまたま、あることからこの男のからくりが発覚することとなった。なに、彼は一度もロック・クライミングなどやったことはなかったのだ。近頃の山の中にはかなりの地点までバスやケーブルやロープウエイで行けることができるから、彼はその地点に行って、休憩所で頂上の山小屋の絵葉書、高山植物のついた封筒などを買い集め、いかにも自分が山頂を征服したように友人に書き送っていたのである。

私はわざわざ沢山のエネルギーと時間を費してまでこういうことをする彼の奇怪な心理を推察しかねたのであるが、確実なのは当人がアルピニストになぜか憬《あこが》れたということだ。言いかえれば彼には本当に銀嶺を登破する登山家に劣等観念《インフェリオリテ・コンプレックス》があって、この劣等観念が彼をしてまことに滑稽な虚栄心を働かさせたのである。

ドン・キホーテは、こういう例だけではない。ドン・キホーテ的、自称プレイ・ボーイというのも近頃は夏の蚊柱《かばしら》ほどうじゃうじゃ存在するようである。

忘れもせん。昨年の夏のことだ。私は体を回復させるため軽井沢ちかくの農家で静養していたのだ。軽井沢に避暑といえば聞こえはいいが、なに私のすんだのはキャベツ畑のあわれな農家の二階で、映画に出てくるような白樺だの、落葉松《からまつ》のコテッジとはまったく縁がないから念のため。ところが、私と同じように農家にころがりこんできた東京者のなかに黄色や赤シャツを着てボロ自動車だけ一台持ってきた奴がいた。犬のポチみたいな顔をした男で、アメリカの貿易会社に勤めているそうだったが、一週間の休暇をもらってここに来たのだという。

このポチ青年がある日、私に変なことを言った。女の子をひっかけに行きますから来ませんかと言うのである。一体どうするのだときくと、

「イヤね。ぼくほどの遊び人だと、そんなの赤ン坊の手をひねるより楽だな」

結局私は彼のボロ車に乗せられ、やがて夕暮れの軽井沢駅前につれていかれた。ポチはこの駅前広場に車をとめ、黄色いシャツから出した腕にあごを載せ鼻歌うたいながらなにかを待っている。

「今に下りの汽車から女の子たちが次々と降りてきますから。ここで待機しましょう」

東京からは避暑地軽井沢に憬れて一泊もしくは一日旅行でくる娘たちがたくさんいる。ポチの野郎は鼻歌うたいながらも眼だけは狼のようにランランと光らせて、これらの女の子があらわれるのを待っているのだ。

やがて汽車が着き、それが発車すると改札口から娘たちがそれぞれ三人、四人とグループをなして姿をみせはじめた。ポチは早速、ギヤーをふみ車を除行させながら、彼女たちの前を通り、

「もし。町のほうにお出でならお乗せしましょうか。ぼくもそちらに帰るもんですから」

と、驚いたことには娘たちはコソコソと相談してたかと思うと車に乗りこんできたのである。

「あなたはずっと軽井沢にいるの」

と彼女たちの一人がきく。ポチはハンドルをまわしながら、

「はァ、別荘がございましてね。昔から夏はここで送っていますが、近頃は軽井沢も随分あれましたなァ」

手前は私と同様、農家のうすぎたない二階を借りてるくせにシャアシャアと口でまかせでたらめを言っているわけだ。私はあまりのことに茫然としたが娘たちはボロ車でも車をもち、鼻歌うたってハンドル握る彼の言葉を疑う気配もない。

町の通りまでくると、彼は駐車場に車を入れ女の子たちを誘って珈琲店に行ってしまった。

「どうです」

その夕方、戻ってきた彼はポチのように鼻をうごめかし、

「明日、また、遊ぶことを約束しましたよ。連中四人とも小生にホの字らしいな」

指折り四つと数えて、四人を誘惑できたとホクホクしている。こういうのをプレイ・ボーイというならば——私は心中ひそかに彼を嘲笑した——猫もシャクシもプレイ・ボーイである。但し前回で私が訳語を与えたようにプレイ・ボーイ＝馬鹿という意味ならばである。

さよう。誰だって現代ではこんなプレイ・ボーイになるのは銀座で煙草の吸いがらを拾うほどやさしい。これを読まれている読者だってそう思われるに違いない。もしあなたがボロ車一台でも持っているならば東京や軽井沢で女の子を遊びに誘うのは至極簡単な話であるし、またそういう時世なのだ。ウソだと思ったら、やってごらんなさい。

だがこういうポチ輩はなぜ馬鹿か。理由は簡単だ。さきほどの男がアルピニストに劣等感をもつように、これら現代の馬鹿は本当の誘惑者や通人に劣等感をひそかにもち、そのマネごとでこの劣等感をみたしているにすぎないからだ。

だがそれ以上に彼等が馬鹿なのは、彼等が困難をえらばず、やさしいことしかやらないからである。我々は本当に銀嶺を征服せず、ケーブルを利用して山に行ったものを登山家と呼ばないように、もともと男に誘われるのを悦んで待っている女の子たちを車にのせて

「一人、二人、三人」

と指折り数えて得意になる連中を誘惑者とは思わない。早い話「プレイ・ボーイ入門」という本をみてごらん。これらプレイ・ボーイは、抵抗のない女、男を待っている女しか漁らないことがよくわかるのだ。要するに、誰でもできることをやって得々としているわけだ。ところで誰でもできることをやって、「どうだ、どうだ」という男を貴方は利口だと言うか。一足す一は二、二足す二は四という初歩の算術をやって「どうだ、俺は数学者だろ」と威張る男がいたら、貴方は彼を「脳足《のうた》りん」と思わないか。現代の自称プレイ・ボーイは多かれ少なかれ容易なことをやって得意になる小児的知性の男か、あるいは脳足りんのいずれかなのである。オテンテンがオブラートのように薄いという意味で、彼等をオテンテン・オブラート族と呼んで一向さしつかえがないだろう。

では本当の誘惑者とはなにか。

それを知りたいなら貴方に次の本をお奨めしたいと思う。ラクロという十八世紀の仏蘭西作家の「危険な関係」という小説である。この本については今後、少しずつ書いていく

つもりだから、邦訳を是非読んでおいて頂くと有難い。翻訳は文庫本でも比較的たやすく手にはいるはずである。

　この小説は本当の誘惑者が誘惑についてどういう信念を持ち、どういう方法を使い、どういう自尊心を抱いていたかを手紙を通して語った小説である。貴方はこの本を読む時、本当の誘惑者というものが、「やさしいこと」を捨て「困難を征服する」ことに大アルピニストと同じ悦びを見いだしたことを一行一行感ずるであろう。そして彼はそのために本当の人間心理の通人として、さながらチェスの駒を一つ打てば相手の女性が、どうそれに打ちかえすかを微細に透視することと、綿密に計算するところに大きな悦びを感じているのだ。

　大体、十八世紀の仏蘭西にはこうした誘惑者、もしくは誘惑者を書いた文学者が輩出した。このラクロもその一人であるが、最近、日本でサド裁判として有名になったマルキ・ド・サド、つまりサド侯爵もそうである。サドの本も我々は澁澤龍彦氏という立派な翻訳者のおかげでその一部を読めるようになっているから、是非、あわせて読んでほしいと思う。

　少し話が固くなるがこれらの誘惑者は断じてプレイ・ボーイと違う。彼等はなるほど誘惑するものと誘惑されるものの関心や心理、あるいは肉欲の世界を探究したが、共通して言えることは彼等は前回で説明したカザノバではなく、本当のドン・ファンを考えたことだ。

　彼等は十八世紀の社会ではリベルタンといわれた。リベルタンとはもともと、中世の基督教《キリストきよう》に反抗した新教徒の呼び名だったが、十八世紀のリベルタンもたんなる遊蕩児ではなかったのである。まして現代のオテンテン・オブラート族とは本質を異にする。

　その理由は沢山あるし、数えれば話がますます固くなるから、今日に関係ある点を、一つだけ書いてみる。

　彼等、本当の征服者は女性を征服するために自分を鍛練することから始めた。ちょうど忍びの者が肉体を鍛練することによって、いかなる不意の状況にも自分の体が自由に適応できるように、彼等はいかなる状況にも自分の本当の感情を制御できることから始めたのである。

「私は自分の感情を自由に支配します。女を誘惑するために、こういう感情が必要な時はその感情を移入できますし、またいかなる自他の怒り、嫉妬にも平然として冷静として耐えることもでき、それを面貌にあらわさないようにすることができます」

　自己の感情や心理を自由に支配できるということはやはり誘惑者の自己鍛練の一つであった。こういう厳格な自己鍛練は誘惑者の条件であって、これは「危険な関係」を貴方がお読みになれば至るところで理解できるものである。もし色道修業というものがあるならば、彼等はやはり修業したのである。

なぜ、そういう修業が必要だったかというとその理由の一つは彼等が誘惑しようとする女性は、「車と金とがあれば誰でもよし」とか「あたし、恋がしてみたいの」というような東京の娘たちとは違って、男の心理を熟知し、恋の駆け引きに通じている貴婦人たちだったからである。

仏蘭西のサロンでは貴婦人たちが音楽や美術の保護者だったが、彼女たちはまた恋愛心理の熟知者だった。ながい伝統と環境と芸術が彼女たちをそう仕たてたのである。

そういう女性はいわゆる馬鹿くさい恋の駆け引きでは容易に陥落はしない。男がこういう場合にはこういうセリフを言い、こういう場合はこういう態度にでることは百も承知しているのだ。そんな女性を辛苦して誘惑するところに誘惑者の出発点があるのであって、ポチ公のように軽井沢で車をとめていればオーケィというような阿呆くさいものとは違うのである。

だから次の回ではもう少し本当の誘惑者について話そう。我々は、現代の東京プレイ・ボーイがオテンテン・オブラート族であることは、はっきりわかったから。

3　誘惑者の三法則

ラクロの「危険な関係」は主として五人の人物が登場するが、この五人の人物のなかでヴァルモン子爵とよぶ男とメルトイユ侯爵夫人とよぶ女性がでてくる。ヴァルモン子爵とメルトイユ夫人と言う十八世紀の毛唐の名は読者も私も縁遠いし、第一、発音すると舌をかみ切りそうであるから、日本名にかえて北小路義麿と菊池淑子夫人という名にしておこう。もっとも北小路というと全学連かなにかの学生運動の闘士にそういう名があったがな。

この義麿という男、若いくせに女にかけては正真正銘の誘惑者であるが、彼以上に興味あるのは菊池淑子夫人のほうである。稀代の悪女というか、妖女というか、凄いほどの美貌の持主だが今日まで男を誘惑したこと数限りない。つまり義麿を男の誘惑者とすれば、淑子夫人は女の誘惑者なのである。

この男女二人の誘惑者が手に手をくんで人妻や令嬢を誘惑していくのだが、甚だ我々の興味をそそられるのは義麿と淑子夫人との間に共犯意識と共に、互いに相手を自分に屈服させようとする心理がひそんでいることだ。

しかし、まあ、そういうお膳立はどうでもよろしい。私たちは今日はこの義麿や淑子夫人がどういう誘惑道を守っていたかを考えてみたいのである。この点については仏蘭西の有名な作家、ロジェ・ヴァイアンが「危険な関係」を分析した本のなかで、誘惑者の三法則というものをかかげているから、それを紹介してみよう。

（一）誘惑者はつねに相手を誘惑するのであって、誘惑されてはならぬ。

これが、ヴァイアンのあげた第一法則である。と書けばひどくコムズかしくなるが少し考えればなにすぐわかることだ。諸君が自分を誘惑者だと仮定してみたまえ。誘惑者の真髄はもっとも征服困難な女性にたいしてあらゆる秘術をつくし、あらゆる心理的なカケヒキを使って攻撃する点にある。そしてこの攻撃のよろこびがないところには誘惑の価値は失われるといっていいのである。

だからもし、君が相手の女性を誘惑するのでなくて、茶屋の女に惚れられた若ダンナのごとく相手のほうから好かれる立場なら、君がその女性を自分のものにしたところで何の自慢にもならぬことは当然であろう。君は誘惑するという行為と、その悦びを捨てたからだ。だから、誘惑者は誘惑されてはならないのである。

（二）誘惑者は、恋愛感情をもってはならない。少なくとも恋に盲目になってはならぬ。

例をあげよう。私の友人でOという男がいた。Oは自称プレイ・ボーイの一人であるがいわゆる「惚れやすい」という性格の男で、気に入った女とみればすぐ惚れる。惚れるだけでなく、相手を美化して、アバタもエクボと錯覚するのである。こういうOのような男はいかに女に人気があっても本当の意味で誘惑者とは言えない。なぜか。彼は誘惑者として必要な冷静・沈着、時としては非情な計算を盲目的な恋愛感情で失っているからである。相手のアバタもエクボにみえるほど夢中になり陶酔していては、ただ引きずりまわされるだけで相手に正確なパンチ、適格な攻撃をかけることはできない。

本当の誘惑者とは相手の女性に夢中になってはならないのである。夢中になれば盲目になる。相手の心理のうごき、こちらがこう出た時の反応、その反応にたいして次にうつ手を充分に計算し計量することが誘惑者の使命である。この使命を失う恋愛愛好者になってはならない。

だからO君のような男は誘惑者とはいえない。彼はたんなる恋愛愛好者にすぎない。

誘惑者は愚かなプレイ・ボーイ（訳語＝ヌケ作青年）と違うように、ラブ・アフェア・ボーイ（訳語＝おめでたい男）とも違うことはこれで諸君、充分おわかりだろう。

諸君はこのヴァイアン氏の解釈を読みながら誘惑者になることがいかに困難であり、そして同時に寂寞荒涼たる感じにうたれたであろう（この点についてはまた、後に書く）。

（三）誘惑者になるためには、長い自己鍛練と、耐えざる克己の精神が必要である。
これはもう今更、説明する必要もないだろう。今まで書いた（一）と（二）を読めば、我々は誘惑者とは女性の心理をつぶさに知りつくし、相手の女の心と行為との関係がどうして成立したかを直観的にみわけ、しかも自分の心や感情を決して面にあらわさぬ人間でなければならぬことがよくわかったはずである。

これは、言うは易いが、行うはまことに難い。この法則を実践するためには我々は他の修業と同じほどの、いや、それ以上の修業を要するのである。

しかし君はこれを読んで、なんだこんなもの、俺にだってできらいと言うかもしれぬ。もしそんなら次の質問に胸に手をあててよく考え、答えてみよ。正直に……

（1）君は君が狙っている女性が、なにかのパーティーで、君を無視して他の男とばかに親しくしているのを見た時、彼女の本当の心がすぐ見ぬけるか。彼女が全く君に無関心だからそうなのか。彼女が君の気をひくために、その場合わざと知らん顔をしているのか、その違いが見ぬけるか。そして、かかる場合どういう態度にでるべきか、すぐ計算できるか。

（2）君は彼女が他の男と親しく振舞い、それをみせつけた場合、顔をこわ張らせたり、あせらずに、冷静・沈着な態度がとれるか。

（3）君は彼女が今まさに自分のものになるであろうとわかった時でも、この悦びにうち負けず、その悦びをわざと明日・明後日に延ばすほどスマートな行為ができるか。

以上、三つ、思いつくままにあげた質問に「俺はできる」と断言できるものは読者のなかで五人といないだろうな。いや、ひょっとすると五人もいないかもしれないな。いや、それでもよいのだ。なぜならば誘惑者になるためにはちょうど忍者になるのと同じほど非人間的にならざるをえないからだ。

さきほども一寸書いたようにヴァイアンの三つの法則をみると、諸君は本当の誘惑者というものが実に困難な行為だと思うだろうが同時に「恋愛感情」さえ持ってはならぬという鉄則を守る誘惑者に、なにか冷酷なもの寂寥《せきりょう》としたもの、非人間的なものを感じられただろう。

諸君は心やさしい人たちであるから、好ましい女をいかに誘惑してやろうと思っても、彼女と交際しているうちに気も弱くなり、心もぬれて、恋心を多少は感ずるだろう。恋心を感じた以上、相手の欠点も長所に見え、ウジウジしたところも女らしく見え、アバタもエクボに見えるだろう。これが普通の人間の心理である。人間的な心理である。

しかし何度もくりかえしたように、誘惑者とはいかなる時も相手の女性を恋心から美化したり、恋心のために引きずりまわされてはならぬのである。相手が自分のためにくるしんでいてもジッとそれを冷静に見つめていねばならぬ。相手がこちらの嫉妬心をかきたてようとしても、平静な表情、にこやかな微笑を演技できねばならない。つまり人間的なものを、多くの揚合捨てなければならない。だから諸君が、俺はとても誘惑者になれぬと思ったとしてもそれは決して恥ではない。諸君が人間である証拠だからだ。

恥なのは誘惑者にもなれぬくせに、誘惑者の模倣者になることである。誘惑者になる以上は男らしく徹底した非情な、冷静な誘惑者として自分を訓練すべきであろう。それになれぬくせをして阿呆らしい模倣者、つまりプレイ・ボーイ（訳語＝脳足りん）になりすまし、俺は「村中で一番」と得意気に鼻ひっこめかすのが恥というのである。

自分は非情な誘惑者にとてもなれぬとわかったら、諸君は心やさしい有情の人間になればよい。これは恥でもなんでもない。むしろ誇りというべきである。できるかぎり一人の女と愛しあい、その恋愛をいたわり、彼女と結婚し、二人の愛情の疲労や倦怠からも（それはどんな夫婦にも訪れるだろうがそんな時でも）なんとしてでも守りぬき二人の子供を育てていく……この有情の恋愛と愛情は言うはやさしいが、これも大変な仕事である。

これは男が誇りをもってやるに値する仕事である。少なくともプレイ・ボーイと称して、ものほしげな犬ヅラ、猫ヅラをひっかけまわるよりは百倍も千倍もむつかしいし、むつかしいゆえにやり甲斐もある男の仕事じゃないか。私はそう信じる。

しかしここで疑問が一つ残る。なんのために誘惑者はそれほど非人間的、悲情にならざるをえなかったか、ということである。忍者で非人間的になるのは敵方の動静をさぐるという目的がある。では誘惑者はなんのためにこれほどの努力をして、誘惑者になったのか。その目的はなにか。

この疑問はラクロの小説やサドの小説を読む場合、当然おこることだが、要するに誘惑者はドン・ファンのようにこの地上で理想の女を探し求めるだけでなく、誘惑道という修練を自分の徹底的な生きかたにしたと考えてよい。たんに戯れや自尊心や一時の好色で彼等は女性を誘惑したのではなく、ここから自分のあたらしいモラルや生きかたを発見したのである。だからサドの小説が単純な好色小説ではなく、思想小説であるのはそのためなのだ。

現代の自称プレイ・ボーイにはこうした男性的なものは一向にない。男らしさはともかく、誘惑者なら誘惑者に徹してやろうという気がまえはない。

もし諸君がかりに友人や同僚のなかに、自分のプレイ・ボーイぶりを自慢している男を知っているなら、その単純な子供らしさに微笑することは差し支えないが、俺は彼にくらべて人生で損をしているとか、俺もいっちょう、やってやろうかと思う必要は毛頭ない。

昔、「あなたはタバコがやめられる」という本がベスト・セラーになったが、現代は誰だってプレイ・ボーイになれる時代である。女性との情事はちょっとその気になればムツかしくも手数がかかることでもないのであって、会社なら会社で情事の十回や二十回を知っている男は諸君の周りにザラにいるだろう。それも別に美男でもなく、金がなくても一向にかまわないのである。

だからプレイ・ボーイになることは別に努力を要しない。プレイ・ボーイになるための特別な技術をえらそうに説く連中がいるが、その連中の技術とは結局金を豊富にもつこと、車をもっていることなのだ。しかし豊富な資金や車をもって、なお女を手中に入れられないのは、よほどヌケ作にきまっているであろう。

ここまでクドクド言っても諸君がもしどうしてもプレイ・ボーイになりたいなら、よし一つ大プレイ・ボーイになってみないか。

大プレイ・ボーイの資格として、諸君、そんじょそこらのものほしげな女性ばかり狙わずに、陥落困難な女性を自分のものにしてみる勇気はないか、たとえばエリザベス女王の心をつかむべく立ちあがってみたらどうだ。

それは、とてもダメだ。おそれ多い。警官がこわい。機会がないというのなら、大プレイ・ボーイになる資格なし。エリザベス女王は俺の趣味じゃないというのならそれは詭弁《きべん》だ。女王の恋人、世紀のロマンス、悪くないじゃないか。

エリザベス女王が大袈裟なら、このサシ絵を書いている、トシコ・ムトーさんを狙う人はいないか。彼女は美人だし、絶対に陥落しないぞ。

それができないならプレイ・ボーイなどになりたいと思うな。一人の女と立派な恋愛をする。それが男というものです。

4　誘惑者のモラル

三回にわたって何度もくりかえしたことをもう一度だけ書かせてもらいたい。それは、

「本当の誘惑者とは、容易にカンラクしない女性、容易になびかない女性しか狙わないのである」

しかし、こういう女性は果たして日本に存在するだろうか。この点はやはり一考に値する問題である。

結論から先に言うと、私はこういう女性は現在日本ではなかなか見つからないと思う。

その理由は二つある。

一つは日本の女性はまだ十七世紀、十八世紀の西欧サロンの貴婦人たちのように、恋愛の世界で男のカケヒキに応じてカケヒキをめぐらせるほど成熟してもいないということである。西欧サロンに出入りしていた男性たちの巧みな恋のカケヒキ、みごとなセリフ、典雅な身のこなしにも心を動かさず、微動だにしないというのはなかなかむつかしいことであろう。だが日本の現代の女性は心やさしく涙もろいから、仮にこういう西欧ドン・ファンが眼の前に出現したならば、たちまちにして心うばわれ半日をもって誘惑されたに違いない。つまり日本の現代女性は未だに恋愛道においては初心《うぶ》であり、一年生なのである。

第二に、日本にはまだ本当の意味での貞潔観念というものがない。こう書けば日本の女性たちから非難、攻撃をうけ、拙者の頭はタンコブだらけになるかもしれないが、これは本当だ。

なぜか。それは日本の現代には貞潔観念を強力に教える宗教というものがないからだ。

私はある男からこういう話をきいたことがある。その男がスペインに旅行していた時の話だ。

マドリッドの金持の娘と彼は知りあい、どうした理由か拙者にはさっぱりわからんのだが、この娘が日本人の彼にゾッコン惚れたわけである。魚心あれば水心ありのたとえのごとく、彼もこの水もしたたるように黒い髪と、陽によく焼けた肌の令嬢を憎からず思うようになった。そしてある日、彼はドライブの帰り、この娘に唇をふれる以上のことをしようとしたのだ。ところが日本の場合には絶対、想像できないほどの抗《あらが》いを彼は彼女から受けたのである。彼は驚いて言った。

「君は、ぼくを愛していないのか」

「ノン、ノン」と令嬢は言った。「愛している」

「じゃ、なぜ許してくれない」

「いけないわ。神様がこういうことをまだ許してくださらないわ」

「神様が」という言葉は男を非常に驚かした。日本では娘が男を拒む場合、こういう単語は絶対に言わない。「仏様がお許しになりませんわ」などと言う娘がいたら、拙者は仏教を見なおすのであるが、仏教は日本においてこれほど強力ではない。基督教はヨーロッパでは衰退したなどといわれているが、まだまだかように彼等の日常生活を支配しているのである。

たとえば仏蘭西の女性は淫奔だというのは誤解された伝説である。ウソと思われるかも知れないが、仏蘭西の上流階級の娘など今日でも見合結婚をする娘もいるし、男との交際は日本のそれにくらべて非常に厳格なのだ。貞潔観念は基督教の道徳によって裏うちがあるから、今のスペインの令嬢と同様、本当の意味で実質がある。

しかし日本の娘にはこうした宗教的な教えによる貞操観念というものがない。日本の娘たちが男性を拒む時の言葉をききたまえ。

「誰かに知られるのコワイわ」

「お母さまに叱られる」

「見つかったら大変よ」

では見つからねばいいと言うわけだ。家庭に叱られねば良いわけか。要するにこの弁解の場合、彼女が恐れているのは、自分の心の問題ではなく、他人の眼なのである。ムッかしい言葉で言えば、主体性からきているのではなく、他律的なものにすぎない。

さもなくんば、彼女たちの貞操観念は（言葉にこそ出なさいが）女性の生理的な恐怖に支えられている。初めてという恐怖か、妊娠という恐怖である。ということは彼女たちが「押される」か、安全という点で納得いけば、その純潔観念は水のように溶解することになる。

西欧の女性と日本の女性はまた次の点をみれば、その差がわかる。日本の女性は、心で好きでなくても、何らかの事情で一度、身を委せた男には非常に弱い。拙者はよくいつも新聞や婦人雑誌の身の上欄に、

「……その人に暴行されまして以来、ずるずると同棲生活に入り」

というような言葉をみるたびに、そこに日本の女の哀しさ、弱さを感ぜざるをえない。つまりこれでは生理が精神にものを言っているわけである。しかし、「ずるずる」ということは、西欧の女性には日本のそれにくらべて数少ないといえるのである。

以上の理由から、拙者は日本にはまだ本当の意味での純潔観念ができあがっていないと思う。これは男性にも当てはまるが、女性にも言えることだろう。

だから、純潔観念においてまだまだ強固なものをもっていない日本の女たちはそれだけ男性にたいして抵抗力が少ないということになる。抵抗力が少ない女性たちは誘惑者にとって興味が少ないはずである。いや、むしろ、現代の日本はプレイ・ボーイ（訳語＝馬鹿）は雨後のタケノコのように出現しても、誘惑者というものは成立しにくいということになる。

ここから、憶えておいていい大切な問題がおきる。西洋における誘惑者というのはもちろん女性を相手にしたが、彼等はその女性だけを克服しようとしたのではない。今いったように西欧の女性の生活や人生を支えている基督教をも克服しようとしたのである。

ある読者は拙者がこう書くと、非常にトッピな言だと思われるかもしれない。そういう読者のために拙者は最近、サド裁判などで評判になったマルキ・ド・サド、つまりサド侯爵の話をしたいと思う。

というのは、誘惑者の小説といえば、前章で述べたラクロの「危険な関係」があるがこのサド侯爵はその小説においても本当の誘惑者たちを描いただけでなく、自分の人生でも誘惑道を実践した人である。

サドは十八世紀の中頃に巴里《パリ》で生まれた。彼の家は大体、南仏アヴニオンにちかい、ラ・コストの領主であったが、たんなる田舎貴族ではなく、その家柄や毛なみはなかなか良かったのである。

そんな家柄に生まれたが、このサドは青年時代を放蕩児として送った上、その頃一つの事件を起こして、巴里警察に追われる身となった。復活祭の日曜日、彼は巴里のヴィクトワール広場で一人の乞食女をひろい、彼女を郊外のかくれ家に連れこみ、ここで奇怪な行為を働いたのだ。即ちこの乞食女を裸にして寝台に縛りつけ、血が出るまで叩いたのである。女はこの家から逃走して、これを警察に知らせた。世に「アルキュイユ事件」といわれるのはこれである。

それだけではない。サドは今一つの有名な事件をマルセイユの街でも起こした。

それはこの街でサドが数人の娼婦を集め、自分の下男をまじえて、先の事件と同じような行為にふけったあげく、下剤の入ったボンボン（飴）を女たちに与えて、その腹痛でくるしむ様子を眺めた事件だが、これらの事件はサドの生涯を決定的なものにした。

二つの事件はサドをして風俗を乱すもの、反基督教道徳の背徳者として警吏の追及するところとなった。やがて、囚われの身となった彼は有名なバスチィユ牢獄やヴァンセンヌ牢獄で長い歳月を呻吟することになるが、この牢獄で数々の小説を書いた。そしてこれらの小説こそサディズムの行動を通して、サドの誘惑者の思想と肉欲の観念とをはっきりうちだしたものといってよい。

その思想とは、一言でいえば、西欧の女性を支えている基督教の道徳を偽善的なものと見なし、それを破壊しようと試みる考えと言ってよいだろう。

たとえばサドの小説に「淑徳の不幸」というのがある。日本で問題になったサド裁判の「悪徳の栄え」の姉妹篇をなすものであるがこれは、一人の処女がその清純な処女性のために、誘惑者たちの憎悪と呪いをうけるという作品だ。

サドはなぜ処女をこのように憎んだか。誘惑者はなぜ処女を憎むのか。

普通のプレイ・ボーイにとって処女や生娘というのは恰好の目標である。処女や生娘とはさきほど言った貴婦人たちと違って、まだそれほど恋の駆け引きをしらない。初心である。攻撃目標としても、落としやすい相手としても恰好なはずだ。だからプレイ・ボーイのある者たちは特に処女や生娘を誘惑しようとする。

だが本当の誘惑者はこういう抵抗力の弱い相手を避けて通る。射落としたところで本当の誘惑にはならぬからだ。しかし彼がもし処女を相手にするとすれば、それは彼女を憎むからである。

処女は誘惑者にとって偽善的なものとしてうつる。処女たちはなるほど清純な肌や、清潔な肢体をもっている。しかしこの肌や肉体は男の肉欲をうながす可能性をはらんでいるものだ。つまりやがては暗い欲望を男に誘うための餌にすぎない。ちょうど虫や動物を食うという恐ろしい毒草が可憐な色の花で餌物をさそうのに似ているのだ。そして処女は自分がこういう恐ろしい毒草であることに気がつかない。娼婦や淫女と違って彼女たちはあくまで自分を自他ともに清純なもの、基督教道徳の教える淑徳のあるものと信じている。

この偽善がサドの誘惑者たちにはたまらないのである。サドの誘惑者たちは、だから、こういう仮面をかむった清純さをひっ剥してその偽善をみじんに破壊してやろうと思う。処女を誘惑し、征服し、苦しめるサドの主人公たちのサディズムはそこにあるのだ。

偽善の清純さや淑徳を苛酷に扱うことは、言いかえれば、それらを支えている基督教の道徳やモラルに攻撃を加えることである。

話がちいと、むつかしくなったが、諸君には大体、理解頂けたと思う。つまり誘惑者とは、たんに女を誘惑する漁色家なのではない。女を彼はなぜ誘惑するか。女とは大体男にたいして既製の道徳の支持者の立場にある。酒をのんでよっぱらって夜おそく帰る諸君には女房はコワい。なぜコワいか。彼女たちは家庭や結婚という道徳の象徴だからだ。浮気をして帰った亭主には女房はコワい。なぜコワいか。女房は、姦通を否定する社会道徳の象徴にみえるからだ。ＰＴＡの会合で社会道徳論を主張するのはたいてい女性の人たちである。こういう道徳に支えられた女性がもし宗教——たとえば基督教に結びつけば、その信念はいっそう強くなるだろう。サドの誘惑者だけではなく、ラクロの誘惑者たちが誘惑して征服しようとしたのは女と共にこういうモラルだったといってよい。極端にいえば誘惑者はこうして宗教や社会のモラルや道徳に挑戦し、自分たちのモラルや道徳を樹立したかったのだ。誘惑ということは実にあたらしい思想の探究であり、相手とする女性はその道程だったのである。

　しかしこれは勿論なまやさしいことではない。社会や教会はこういう思想の反逆児や思想の裏切者に容赦ない弾圧を加える。サドが獄中に呻吟したのも、たんに彼が二つの事件を起こしたからではない。彼の文学が反社会的、反基督教的にみえたからだ。それほどでなくとも誘惑者には血なまぐさい争闘がくりひろげられる。いわゆるプレイ・ボーイごとき者にはとてもできるものではない。誘惑者になることはまこと、まこと困難で苦しい道なのである。

5　情熱と愛との違い

だが諸君。

諸君はなにもドン・ファンに劣等観念を持つ必要はない。次から次へと女たちを誘惑してまわるあの「魅力ある」男たちの前でオドオドする必要はない。なぜか。

それはこのドン・ファンたち、誘惑者たちにもアキレスけん（弱点）があるからだ。その弱点とは彼等が「情熱《パッション》」は知っていても、「愛」というものに生きたことのない点だ。

君がかりにたった一人の女房しか知らぬ男だとしよう。君の月給は三万円。郊外のアパートに二間をかりて、鼻たれ小僧の息子と女房との三人ぐらし。君は朝、会社に出て夕方、つかれて電車にゆられて戻る。君には小説や映画に出てくるような華やかな生活はない。君の毎日は時にはつらく、よごれた地味な日常だ。

そして君は時々、考えるだろう。俺もあまたの女からチヤホヤもてはやされるような美男子になってみたかった。イキな洋服にイキなネクタイしめて、星由里子だの朝丘雪路みたいな娘を次から次へと誘惑してまわり……そして自分の手帳にそんな女性の住所と名前をぎっしり書きこみたかった。

俺の知ってるのはこの全世界にただ一人の女だけ。それは女房という奴だ。全く男としてこれは恥ずかしいことだぞ。悲しいことだぞ。

君はそう考えるかもしれない。そんな心理になった日、君がたとえばアラン・ドロンとか、エロール・フリンとか言うような全世界の女性あこがれの男性に偶然会うとする。

そしてその男性が、君をさもさも見くだしたように、うす笑いをうかべて、

「全くみすぼらしいもんだなあ、あんたの人生は」そう言ったとする。

「なぜですか」

「なぜって、男と生まれて、たった一人の女（女房）しか知らんとは情けないじゃないですか。同じ人間、同じ男でありながら、ぼくなんか、千二百八十三人の女性を誘惑したんですよ」

　このように軽蔑とも皮肉ともつかぬ言葉を言われたとしても、君は傲然と胸をはるべきだ。彼の前で犬のように眼を伏せる必要はないのである。

　そして君はただ一言、たった一言でこの奢りたかぶれるドン・ファン、自惚家《うぬぼれか》の誘惑者を言いまかすことができるのだ。相手がアラン・ドロンであろうが、チャキリスであろうが、次の一言、次の一つの言葉で彼を沈黙さすことができるのだ。

　その言葉とは……

「そうですか。しかし君は情熱しか知らない。君は女性と情熱で生きたかも知れぬが、一

回も愛に生きたことがないじゃないか」

　こう言えばよいのだ。もし相手が（アラン・ドロンかチャキリスか知らんが）多少でもテンテン・オブラート（脳足りん）でなければ君のこの針のような鋭い言葉に体を震わせて、顔を赤くして恥じいるだろう。

　しかし、相手が血のめぐりの悪いプレイ・ボーイならば、この言葉の意味をつかめず、馬鹿みたいに聞きかえすかもしれん。

「え？　女性と情熱で生きるのと、愛で生きるのとは同じじゃないか」

　すると君は次のように答えてやりたまえ。冷笑と軽蔑とを顔いっぱいに浮かべて……

「え、情熱と愛とが同じだって。へえ。初耳だねえ。なんて学も教育もない男だろう。あんたは」

　そして横をむいて唾をペッと吐いてスタスタと去るがよろしい。

　さよう。君はこの時、勝ったのである。君の言う通り恋愛の情熱と愛とは厳として違うのだ。そして君の言う通り、誘惑者やドン・ファンは彼等がいかに偉大であろうとも、恋愛の情熱しか生きず、愛に生きることができなかったのである。

　恋愛の情熱と愛とはどう違うか。ともに異性にたいする人間の感情と行為とでありながら、情熱と愛とはどう違うのか。

まず第一に、情熱とは誰でもがもてる感情だ。利口でも馬鹿でもかまわない。情熱とは田中太郎だって池田一介だってもてる感情だ。なぜなら情熱とは我々が好ましい異性に感情のたかぶりと共にもつ所有本能にほかならぬからだ。

君が今、かりにこのサシ絵をかいていられるトシコ・ムトーさんに恋こがれたとする。この場合、君にとって彼女に情熱をもつことは別に努力も忍耐も要しない。なぜなら彼女は若くて美しい女性だし、君が情熱を起こすためにはその若くて美しい女性を愛する美的感受性をもてば足りるからだ。だがそれは、同じような美的感受性を有する男性ならば誰にだってできることであり、君自身の特別の才能でも能力でもない。人間、としごろになって、好ましい女性と機会とに恵まれれば、馬鹿でも情熱を起こすことはできる。そうではないか。

次に恋愛情熱の性格を調べてみよう。一言でいえば情熱が、より一層強く燃えあがるのは不安や苦しみがある時だ。

まあ、考えても見たまえ。君がたとえばトシコ・ムトーさんに恋こがれているとする。君の彼女にたいする情熱は、彼女に毎日、会える時よりは、なかなか会えない時のほうが燃えあがりはしないか。たとえば、君が半年なら半年、会社の出張で東南アジアに行かされるとする。

君は彼女に会えない。苦しい。せつない。その苦しさ、せつなさがトシコ・ムトーさんを美化していく。その苦しさ、せつなさが余計に彼女に執着し、彼女を所有したい気持を起こさせる。君の情熱はこのせつなさ、この苦しさ、二人を隔てるひろい海によって一層燃えあがるのだ。どんな恋人の場合でもこの「苦しみ、せつなさが情熱を起こさせる」という原理は当てはまるのである。

たとえば、恋人同志の疑惑・嫉妬・争いなどは一見、二人の結びつきを裂く要素であると思われるかもしれない。しかしこの考えかたは皮相である。君はこうした相手にたいする不信・嫉妬によってかえって彼女のことばかり苦しみつつ執着しているのである。

よく安っぽい馬鹿な女が使う手だが、自分にホレさせようと思った男の前で、わざと別の男性といちゃつく時がある。みえすいた手だが、こんな女でも嫉妬という感情が恋愛感情を倍加させることを本能的に心得ているのである。

「あの女は手紙をくれぬ。あの女は俺を裏切りだしたのではないか」

たとえば、そう考えることによって我々は前よりも更にその女に執着する。その女を所有しようとする。情熱はその炎に油を注がれるのだ。そうしてこの苦しみがなくなる時、情熱は色あせる。

要約しよう。情熱とは距離と苦しみ、不安とを糧としているのだ。二人の恋人の間に距離のあること。運命やさまざまな事情で会えぬこと。あるいは相手への嫉妬と苦しみ、これが情熱のエネルギーなのである。うそだと思ったら恋愛を主題にしたどんな小説でも読むといい。大衆小説やメロドラマでは恋人たちはいつも「すれ違い」会えないような仕組みになっているではないか。意地わるい運命が彼等にさまざまな恋の不安を起こさせ、その不安が二人のせつない執着心を倍加させているのではないか。

だからプルーストという仏蘭西の作家がいみじくも言ったのである。「情熱は安定によって色あせるが、不安は情熱を高める」と。

ということは情熱とは恋人たちに必然的に起こる苦しみ、不安で生まれるが故に、当人たちの努力によって生じはしないのである。

君のトシコ・ムトーさんにたいする情熱をかりたてるために、トシコ・ムトーさんのボーイ・フレンドを見ればよいのだ。君はその時、君の情熱を更に燃えあがらせることができる。しかしこの君にできることは、池田氏にも大平氏にも藤山氏にも大野氏にもできるのだということをよく憶えておく必要がある。

ところが「愛」となると、これは誰にでもできはせぬ。

「愛」とはなにか。少なくとも一組の男女の「愛」とは「情熱」の終わったところから始まるのである。君と君の女房には情熱なんぞ起こりようはない。あたり前だ。君と君の女房の間には情熱が起こるべき二つの要素、距離と不安が存在しないからだ。

君と女房とは毎日、同じ家の中で顔をつきあわせている。イヤでも朝から彼女のツラを見ねばならんし、夜だって鼻をつき合わせねばならん。情熱の起こる因子・距離は失われているのだ。

また、多くの場合、女房にたいして疑惑をもつ主人はいない。彼女のために恋人時代のように苦しんだり（恋愛的にである）不安を起こす必要はもうない。第一、女房のために恋愛的に苦しむなんて馬鹿馬鹿しくって、できたもんじゃないよ。

この場合も情熱を燃えさすエネルギーは存在しないのだ。

だから夫婦の場合には情熱なんて存在しない。情熱が存在しない代わりになにが存在するか。それは「愛」だ。

愛という言葉はキザでイヤな言葉だ。拙者などこういう言葉をきくと背中にジンマシンが起きるよ。しかし「愛」とは本当は娘ッ子が口に出したり、テレビの阿呆ドラマが描いたりするようなキザでジンマシン的なものではない。それは女房と一緒に忍耐して生活するということだ。情熱がもはや存在しないにもかかわらず、二人が忍耐して、倦怠期や病気や失業や子供の入学、子供の卒業、その他もろもろの日常と人生の悲しみと悦びとを一緒にしながら（どこの他人が君とこれほど君の人生を共にしてくれるかね）二人の連帯を努力してつづけていこうとするのが「愛」というのだ。愛とは高尚なキザなものでもなんでもない。それは一人の男と一人の女とがこの不愉快な人生で、目だたず、懸命に「結びつき」というものを持続させようという努力と忍耐だ。君は女房に罵《ののし》られる。かまわんじゃないか。君は女房をひっぱたいた。それが、どうしたというのだ。大切なことは死ぬまで二人が一緒だったこと、一緒であろうとした忍耐と努力——これを「愛」というのだ。

　これは誰にだってできることではない。愛はそれぞれの人生の歴史、哀しみ、悦びという年輪を背負っているからだ。田中君夫婦の愛は河野君、佐藤君にできはせん。君たち夫婦の愛は君たちだけの創りあげたものだ。努力も忍耐もいらぬ。馬鹿でも心理的に感ずることのできるあの情熱に比べれば、この愛はなんと立派な行為であるか。

　だからドン・ファンにせよ、誘惑者にせよこの「愛」の行為を知っている君たちにはむしろ軽蔑されるべきなのである。彼等は情熱の達人かもしれぬ。しかし、愛の世界ではみじめな落伍者なのだ。

　君は会社につかれてアパートに戻る時、自分にこういうがよい。「俺の人生はやはり素晴しいのである」と。

6　誘惑者の敗北

私は前章で、柄にもなく情熱と愛というものが全く違うことを述べた。情熱と愛とは同じように我々と異性との相互感情であるがその世界も構造も違うのである。

だがしかし、多くの恋愛論や結婚論は根本的に大きな過ちをおかしている。それらの本は情熱と愛とを混同するか、区別しないで考えているかだ。

私は別に道徳漢ではないし、情熱にくらべて愛のほうがはるかに優れていることを倫理学者のように道徳的に証明するつもりは毛頭ない。しかし、私の言いたいことは、ドン・ファンや誘惑者たちはいかに彼等がすぐれた資質をもっているにせよ、一つだけ不足している点がある。無知な点がある。それを言いたかったのである。

彼等が知らない点——それは彼等が情熱だけに生き、愛に生きたことがないということだ。

たびたび書いたようにドン・ファンにしろ誘惑者にしろ、彼等はいわゆるプレイ・ボーイとは根本的に違う。たとえばドン・ファンの場合には色々な解釈はあろうが、最近、仏蘭西で出た評論家ミシュリーヌ・ソーバジュの「ドン・ファン論」によれば、ドン・ファンの心情の根底には、理想的女性を追う激しい憧憬がひそんでいたという。彼が女から女を誘惑し、わが物になし、そして棄て去った心の裏側にはどんな女性にも魂をみたしきれぬ空しさと、絶望とがひそんでいたのである。

私はよく一粒の真珠を入れた小さな箱をあけては、このドン・ファンの哀しさを連想する。真珠の入っていない小さな真珠箱の内側には、絹ばりの、そこだけ丸い小さな真珠の形をした凹みが残っている。その凹みには、なにか言いようのない悲しさと寂しさとが漂っているようだ。悲しさや寂しさだけではなく、白い空虚感が一滴……そう一滴だけ残っているようだ。ドン・ファンの心情は真珠のない小さな真珠箱によく似ている。

けれどもいかなる動機があったにせよ、ドン・ファンや誘惑者には一つの大きな無知があった。彼は「創る」ということを知らなかったし、忘れていたのである。

今日、私たちは、幼い頃読んだチルチル、ミチルの「青い鳥」の話を思いだし、それを批判することができる。チルチル、ミチルが探しもとめた青い鳥は幸福の象徴であったが彼等はさまざまな土地を歩きまわった揚句、その青い鳥が自分たちの家にいたのを最後には発見した。

幸福というものは「与えられるもの」ではなく、自分たちが「創る」ものだということをこの男の子と女の子とは知らなかったのである。幸福というものは「探すもの」ではなく、自分たちが「創るもの」ということも彼等は忘れていたのである。

この童話の意味はそのまま、情熱と愛との問題に、ドン・ファンや誘惑者の根本的な過失に当てはまるように私には思われる。ドン・ファンや誘惑者たちは青い鳥を探した兄妹のように、理想的な女性がどこか遠くにいるような錯誤をもっていた。彼等は探し求め歩きまわり、要するに情熱の世界を彷徨したのである。だが……

だが彼等は幸福と同様に、自分たちの探す理想的女性がこの現世のどこかにいるのではなく、もっとも人間的な形でどんな女のなかにもひそんでいることを知らなかったのだ。彼等は平凡などんな女のなかにも彼女が女性である以上、発掘すべきなにものか、我々が作りだすべきなにものかがあることを忘れていたのである。

つまり、このように努力して作るということが「愛」なのであって、それは「情熱」という言葉が努力なしに、心ひかれるという意味と全く対立している。我々は美しいもの、奇麗なもの、好ましいものに心がかたむく。だがそれは「愛」ではないことは誰でも知っている。愛という言葉は流行歌や安手の映画や小説であまりに濫用されすぎたため、私自身もこれを使うのに顔をあからめ、背中にジンマシンが発生するような恥ずかしさにとらわれるのであるが、他によい日本語がないのでお許しねがいたい。

今一つ、愛という言葉は甚だ気障《きざ》な高尚な意味で使われる場合がある。高い講壇の上から、哲学者や牧師が「愛」を説く時、その愛はなにか俗人の我々には自分たちの及びもつかない、手の届かない抽象的な観念のように聞こえる。それは我々には「ふん、なに、うまいこと言ってやがるんだい」という反撥心を本能的に起こさせる。

だが私のいう「愛」というのはそんな意味の大立派、大高尚な「愛」ではない。そんな大立派、大高尚な「愛」という言葉を、私がいくら厚かましくても、憶面もなく読者の前で使う勇気はない。

私のいう愛とは、もっと、うすぎたないこの日常生活での人間的な営みであり、行為なのだ。

私も、あなたも、生活といえばうすぎたない。朝、尻をボリボリかきながら眼をさまし子供のケンカする声にいらいらしながら朝飯を食い、そしてあの満員電車に押しこまれながら出勤する。アパートの窓には洗濯物がほしてあり、ラジオのけだるい唄声が聞こえ、つかれきった人々のあるく歩道に雨がふり……我々の日常生活とはそのようにうすぎたないはずだ。

私のいう愛とは、うすぎたない、この日常生活での人間的な営みであり、行為である。

どんな夫婦だって、結婚後一年もすれば既に疲労と倦怠とがまじってくるのだ。婚約時代にはお互いに「てなこと、言われて、その気になって」も可能なのであるが、結婚して一年もたち、自分の女房をつくづく眺める時、「てなこと、言われてその気になった」自分が不思議でたまらなくならない夫は一人もいないであろう。

夫婦たちは倦怠期の理由を普通、お互いの責任にする。うちの父ちゃんは結婚前までは白いパリッとしたワイシャツを着て、鋭い眼をして魅力的であったのに今はなんだろう。ステテコはいて、人の前でも鼻くそほじくる。おナラはぶうっとする。どんなにおいしいものを料理しても「うまい」とも「まずい」とも言わず食べている。会社から帰ると、晩ごはんをたべたあと、テレビで巨人対中日を見て、うたた寝をするだけで、若さも魅力もない。みんな、みんな、父ちゃんがわるいんだわ。

これが細君の言い分である。

なに言ってやがる。お前こそ何だよ。日曜日の昼、お前がスカートからデッけえ尻を丸出しにして昼寝をしているあの恰好。百年の恋も一時にさめるとは、このこったねえ。それにちょっと、小言をいえば、素直にスミませんでしたとあやまったことはない。泣くか、わめくか、どちらかだ。女らしい可愛さってツメのアカほどもねえんだから。ああ、俺がよ、もし叶順子か、山本富士子と結婚していたら、こんなことにはならなかったろう。なんの因果で、この女と式をあげちゃったんだろうねえ……

これが亭主の言い分だ。

読者の男性の中で、御自分の細君にこのような不平、不満を一度でも味わわなかった人はおそらくないであろう。そして、あなたの妻君も同じような気持をあなたに抱いていることも確かだ。

こうして大半の夫婦は倦怠期の理由を「俺の女房がわるい」「うちの主人がわるい」と特定の限界内で考えがちである。しかしこれは大きな誤解なのである。私は断言しておくが、もしあなたが今の細君と別居されて、叶順子さんでもいい、エリザベス・テーラーでもいい、彼女たちと結婚したとする。一年後、二年後、倦怠期は必ず、襲ってくるはずだ。エリザベス・テーラーだって結婚すれば日曜日の午後、大きなお尻を丸だしにし、口をあけて昼寝をするだろう。たとえそんなことがなくても同じようなことは必ず出てくるのである。

倦怠期とは、だからどんな夫婦にも必然的である。理由は、私が今まで書いた情熱と愛との違いである。「安定は情熱を殺し、不安は情熱をかきたてる」とプルーストが言った言葉がこの事情を充分説明するだろう。

もはや夫婦の間には不安はない。安定している。そういう安定した夫婦であればあるほど心理的な構造からいって、情熱はかきたてられる油を失うのだ。

多くの結婚論や恋愛論は、その大半が、こうした夫のステテコや日曜日の女房の昼寝という日常のうすぎたなさに眼をつむって、抽象的な言葉、高尚な文句で夫婦の愛を説明する。それは私にはまるで映画女優はトイレに行かないような映画シーンを思わせる。しかし映画女優も人間である以上、トイレには必ずや行っているはずだ。

日常生活はうすぎたない。夫婦の人生とは劇映画に出てくるような奇麗ごとではない。夫はステテコをはき、鼻くそをほじくる場合もあるだろうし、女房だって日曜日には昼寝をする。いや、そんなつまらぬことではなく、もっと人間的なうすぎたない心理が毎日、毎日くりかえされるはずだ。

にもかかわらず、このうすぎたなさの中で一人の男と一人の女が一緒に生きつづけること――情熱はもはや当然、失われても（なぜならどんな夫婦の間でも、情熱などは存在しえぬからだ）なお一緒に、離れず、生きつづけること――私はこれを愛とよぶのである。毎日毎日が辛い。雨がふる。会社に行かねばならぬ。洗濯物が家の中にほしてある。子供が病気。遠足だからお金を頂戴。家計が不足なのよ。里には何度も帰るな。あなたって甲斐性のない人ねえ。約束が違うわ。電気洗濯機、買おうか。俺がわるかった。二度としないで下さい。子供の成績がダメなのよ。

我々の誰もが毎日、味わうこれらの感情、しかしあなたとあなただけに一生、同伴者となっている女とこの人間的な会話や生活、これが愛なのである。

なぜなら、こういう、うすぎたない夫婦の日常生活の中であなたは妻の中に、やはり女をみつけることができるからである。それは他の女ではなく、あなたが作った女だからだ。うすぎたない日常生活をつづけることは忍耐がいる。努力がいる。しかしその忍耐と努力の後に、我々はドン・ファンや誘惑者たちが遂にたどりつけなかったもの、彼等が摑もうとして摑めなかったもの――一人の女性と生涯生きつづけたという営みを果たしうるのだ。

その営みは他のなによりも高貴であり、崇高なものなのだ。情熱のように目だたず、地味で、ひそかではあるが、一人の人間との「つながり」を生涯、断ちきらなかったこと以外に我々が愛とよぶものがあろうか。革命も解放も大事かもしれぬ。しかしそれと同じに、いやそれ以上に一人の人間と、一生つながることは、もっと大事なことである。一人の人間を愛せなかった者に、なぜプロレタリヤ全体を愛せるか。私はいつも、そう思う。

ドン・ファンや誘惑者たちは、その生涯の黄昏《たそがれ》、砂浜でしずかに散索する老夫婦の前にたつ時、彼等は自分の青い鳥がどこにあったかを知るだろう。

Ⅱ

交際と恋愛の処方箋――あなたはどうすればよいか

随分、真黒に陽に焼けましたね。海に行ってきたのですか。それとも日曜日を利用して仲間と高い山を征服してきたの。

今日もいつものように、円陣をつくってしゃべり合いましょう。今日の題は「恋愛について」。まず例によって、ぼくが自分の意見を言いますから、そのあとで、みんなが反対意見や感想でもなんでもよい、自由に述べて下さい。

(一) 恋に恋をするな

少しばかり年上のぼくがこんなことを言うのは生意気だが、まずあなたたちに考えてもらいたい最初の項目は「恋に恋をする危険さ」ということです。

「恋に恋をする」とは大変オカしな表現だが、それは次のようなことなのです。ぼくはある女子大学に週一回、講義にでかけていますが、ある日、ぼくの女子学生たちに次のような質問をしたことがありました。

「君たちが今、一番関心をもっていることは？」

すると彼女たちの六十％があるいは無邪気に、あるいは少し恥しそうに答えたのでした。

「恋愛」

笑ってはいけません。あなたたちだってもし胸に手をあててふりかえれば、彼女たちのこの正直な答えと同じ気持が心の底にひそむのを認めざるをえないでしょう。そうです。若いあなたたちは確かに恋愛にふかい関心と憬《あこが》れと夢とをもっている。


（自分を初めて愛してくれる青年はどういう人だろうか）たそがれになった時、そう考えない娘がいないように（自分が初めて愛する少女はどんな少女だろうか）と思わぬ青年もいないはずです。その夢や憬れは決して恥しいものでも悪いものでもない。青春の季節を通りすぎる者の誰もが心に持つ当然の憧憬なのです。

だが危険なのはこの夢や憧憬ではなく、この夢に溺れすぎた場合です。つまり恋愛の美しさ、甘美さに憬れるあまりいつか「恋に恋をしてしまう」場合です。

映画をみる。小説を読む。そういうものの中には、あまい、うっとりとした美しい恋愛が描かれている。現実でも友人が恋人をえて倖せそうな顔をしている。それを眺めるとあなたは（自分も一度はそうした恋愛がしたい。恋人がほしい）と考えるようになる。映画や小説のなかのように、ある日、素晴らしい男性が、可愛い女性が自分を幸福にしてくれることがないかと願うようになる。

危険はその願いがあまり烈しくなる時、はじまるのです。

そんな時、あなたたちは自分に一番始めに恋をささやいてくれた青年、あるいは印象の特に強かった娘に容易に心ひかれるような心理的危険に陥っているからです。本当に自分が相手を愛しているのか、相手と恋愛という大事な運命を背負う決意があるのかをふかく考えないで、ただ（恋をしてみたい）という気持だけから彼（彼女）を選んでしまう場合が多いのです。女性の場合はこの危険は男性よりもさらに強いようにぼくには思われます。

なぜなら普通、女性は本能的に生理的に虫の好かぬ人から恋をうちあけられた場合はその相手を見るのもイヤになるものですが、かりにも多少の友情をもった青年から愛情を告白されると決して悪い気持を抱かないからです。（恋を自分もしてみたい）という願いがこの一種、自尊心を甘やかす心理に加わります。

（あの人は悪い人じゃないわ）という気持が（あの人はいい方だわ。優れた方だわ）にいつか変化するのはこんな時です。やがてそれは（あの人はあたしの恋人に相応《ふさわ》しいわ）という感情に変わっていきます。相手の性格、相手の誠意、相手の本当の愛情——そして自分の本当の気持をよく見究めることもなくこの時、恋愛の陶酔は既にはじまるのです。

ぼくはこういうケースからたやすく恋人をえらんでしまった若い女子学生を知っています。もちろん、彼女たちの全部が不幸になったとはぼくは申しません。しかし彼女たちの多くはやがて「彼と性格が合わない」と言いはじめ、その恋愛の失敗者になっているようです。原因は各人によってそれぞれの違いはあるでしょう。しかし一番、根本の理由は、彼女たちが「恋に恋をしすぎた」あまり、恋愛に憬れすぎたあまり、余りに安易に、余りに手近な恋をしてしまったためだと言えるのです。

そこで具体的にはどうしたらよいのか。

ぼくがまずお奨めするのはみなさんに学校や職場のグループや会を通して沢山の異性とつきあい「異性を見る眼」を養いなさいと言うことです。戦前のように男女七歳、席を同じくせずという馬鹿馬鹿しい時代と違って、みなさんも自由に異性の友だちとつきあえるようになりましたが、まだそれでもどこかギコちないところが残っている。異性との交際がすぐ恋愛に直結してしまったような若い男女の例をぼくは時々、自分の周りにみることがあるのです。

ぼくがお奨めするのはこのような「恋をするための」男女交際ではありません。そういうことをまず前提としないで学校や職場の趣味や運動のグループや会を通して多くの異性と別けへだてなくつきあってごらんなさい。こうした交際は一人の異性だけに執着する危険をとり除いてくれますし、何よりも良いことは異性をみる眼が少しずつ肥えてくるということです。Ａ子さん、Ｂ江さん、Ｃ子さん、Ｄ子さん……みな可愛い立派な女性だ。しかし可愛い良い女性であるからといってそれだけでは自分の恋人に相応しいとは限りません。あなたはやがてそのＡ子さん、Ｂ江さん、Ｃ子さん、Ｄ子さんたちの中から少しずつ自分の性格、趣味、その他に合った一人の女性を考えることができるようになるでしょう。この方法は外見、平凡のようですが「恋を恋する」危険をあなたたちから除いてくれる最良の方法だとぼくは思っています。

（二）　結晶作用をセーブせよ

「恋に恋をするな」という項目に続いて「結晶作用をセーブせよ」ということもみなさんに考えて頂きましょう。

結晶作用とは有名な仏蘭西《フランス》の作家スタンダールの「恋愛論」に出てくる言葉です。塩坑の中に枯枝を放りこんでおく。一昼夜たつとその枯枝に塩が結晶してまるで花が咲いたように見える。スタンダールはこの結晶作用に似たものがわれわれの恋愛心理にも営まれると言っているのです。

こう書けば話が少しムツかしくなりましたが、くだいて言えば何のことはない。俗に言う「アバタもエクボ」ということです。恋をした人間には恋人のアバタもエクボにみえてしまうと言うことです。

ここでもみなさん、笑ってはいけません。なるほど賢明なみなさんは恋人のアバタをエクボと思いこむほど馬鹿なまねはなさらないでしょう。しかしやはり一度、恋をすれば誰でもこの結晶作用からはまぬがれないのです。

なぜなら恋愛は陶酔がなければ成立しないからです。陶酔するためには自分が恋をしている相手を「美しい女性だ」「心のきれいな人だ」とか、あるいは「男らしい青年だわ」「逞しい性格の持主だわ」と美化しようとする気持は恋人にとって当然だと言えましょう。

恋は盲目だという言葉が世の中にあります。これは結晶作用の真理を正直に言いあらわしているのです。早い話、みなさんはみなさんの友人がその恋人をどのように眺めているかを注意してごらんなさい。多かれ少なかれ彼等は盲目になっている筈です。相手を現実以上に美化しているはずです。

弱々しい男に恋をした女性はこう言います。「あの方はデリケートな神経の持主だわ」粗暴な性格の男に恋をした娘はこう考えます。「あの人は本当に男らしいわ」

弱々しい男、粗暴な男も塩坑の中に投げこまれた枯枝と同様に恋人の眼には花のような塩が結晶するのです。彼等は彼女から美化されて考えられます。こうした美化作用はどんな恋人の上にも生じているはずです。友人や兄弟や親が、「お前、どうしてあんな青年に恋をしたの」とたずねると、憤然として「あなたたちにはあの方の良さがわからないんだわ」と答えたお嬢さんをぼくは幾人か知っているのです。

ぼくは決してこうした結晶作用や美化作用がいけないと申しているのではありません。恋愛には当然、陶酔がなければ成立ちませんし、陶酔する以上、相手をよく考えよう、相手の長所を愛そうと思う気持はあたりまえでしょう。しかし、この場合も先ほどの「恋に恋をするな」という第一項目と同じように、あまり極端に走りすぎる時は危険があるのです。

なぜでしょうか。

みなさんが今、恋人をもったと考えて下さい。その時あなたの心には「相手によく思われたい」という気持は当然、働くでしょう。そして相手もまたあなたを「自分の恋人に相応しい男（女）だ」と思いたいと考えることでしょう。

あなたがもし男性であった場合、彼女のこの美化作用を幻滅させたくないため、多少の背伸びをなさるに違いない。たとえば実際の実力以上に才能がある男性のようにふるまってみせたり、あるいは勉強や知識の点でも他の同年輩の仲間より優れていると考えてもらいたいかもしれません。サラリーだって実際は八千円しかもらっていないのにデートの時は無理をしても彼女を一流の映画館につれていくこともあるでしょう。

この状態が一ヵ月や二ヵ月ならよい。しかし四ヵ月、五ヵ月と続くうちにあなたはやがて疲れてきます。自分の背伸びが耐えられなくなってきます。その上、さらに心の底で一種の漠然とした不安も起ってくるはずです。

（本当の俺はこうして振舞っている俺より以下なんだ。もし彼女がその本当の俺を知ったら、どんなに幻滅するだろう）

だが相手を幻滅させるのはやはり辛い。アバタもエクボだと信じている相手に「これはアバタだ」と言うのにはやはり大きな勇気がいるものです。そこであなたは相変わらず、相手の結晶作用にあうようなマスクをつけ、背伸びを続けていく。

やがて疲労がたまりはじめる。彼女に会うのが何故か辛くなっていく。そして……そして恋愛そのものまでが重荷になってしまう。

こうした恋人たちの幾分みじめな姿もぼくはよく見たことがあるのです。この場合も先ほどの「恋に恋をするな」と同じように、その原因は出発点の過ちにあるようです。つまり、相手にあまりに美化されることを許しすぎたからです。本当の愛情というものは相手の長所だけではなく、その欠点をも認めることから生まれるのに、これら不幸な結晶作用の恋愛は恋人の美点と長所だけをかいかぶりすぎたとも言えるでしょう。

（三） 初恋を大切にせよ

初恋を大切にせよ。――こうした項目をぼくが特にかかげたのは、若い世代の中にこの頃、初恋の重大さを次第に軽視する傾きが多くなってきたからです。

この軽視には「初恋とは破れやすいもの」という固定観念がふくまれているようにぼくには思われます。いや、それだけではない、初恋とは破れるゆえに美しいものであるという流行歌的なセンチメンタリズムが案外、われわれの心の底にもあるためだと思われます。流行歌と書きましたが、本当に流行歌の中にはこの初恋をいかに安手に安直にとりあつかっていることでしょう。「ああ、初恋の思い出は……」とか「初恋の人よ、さようなら」といったような歯のうくような言葉をぼくらは幾つでも流行歌に発見できますが、それを口ずさむだけならともかく、もしあなたが本気でそんな甘いセンチメンタリズムを信じられているならそれは間違った考えです。

初恋はどこまでも破れないように育てねばならぬ。なぜか。それはやがてみなさんがいつかおわかりになる時がくると思いますが、われわれの一生の異性観や恋愛観は多くの場合、初恋の成否によって大きなふかい影響をうけるからです。極端にいえば初恋に破れた人は第二回目の恋愛でも既に破局の危険を心の底にもっているとさえ言えるのです。初恋によってわれわれは初めて愛の世界にはいり、異性というものを知る。この重大な機会を大切にしすぎてしすぎることはないでしょう。

ぼくの知っている一人の女性は、今日まで幾度も男の人と恋愛をしてきました。そしていつもその恋愛に破れ傷つき、悲しい泪《なみだ》をこぼさねばなりませんでした。彼女はある日、こんなことをぼくに言ったのです。

「わたしは、二十歳だった時、初めて一人の青年を愛しました。しかしその初恋に破れたあと、寂しさをまぎらわすため次の恋愛をしたんです。それにも失敗するとさらに心の深《ふか》傷《で》を慰めるため第三番目の恋愛をしました。そして……」

そして今日も彼女は不幸だった。その原因は初恋をその昔、大切にしなかったからなのです。多くの女性にとっては初恋はいつまでも拭いがたい思い出となって心のすみに残っているのです。生涯――おそらく生涯、それは残っているのです。

だがなぜ初恋は破れ易いのか。

それにはもちろん当然の理由がある。言うまでもなく普通、初めて恋をする人たちの年齢的、精神的若さのためです。恋愛というものがどんなにむずかしいものかを未だ知らぬ彼等は盲目的にこの未知の世界で手さぐりをしながら歩きまわります。彼等は愛情を上手に育てる方法や智慧《ちえ》をまだ習得していません。

たとえば、この初恋の頃の青年男女の年齢を十八、九歳と考えてみましょう。

この何でもない年齢が実は二人の恋愛心理の上に大きな影響を与えるのです。考えてもごらんなさい、十八、九歳の青年はまだ社会的にも経験的にも他人をリードできるだけの余裕が心のうちにないのが普通です。各人によってそれぞれの違いはあるでしょうが、この年齢の青年は多くの場合、女性のなかに「母性的なもの」を求めるといわれています。男としてリードしていく女性ではなく、むしろ自分をやさしい愛情でやわらかく包んでくれる母や姉にも似た面影を女性の裡《うち》に探し求めるのです。初恋時代の青年の心理には多少ともこの傾向がひそんでいることを我々は認めざるをえません。だが、こうした母や姉のような保護的な愛情を彼の恋人は——おそらく十八、九の娘にはとても相手に与える力はない。なぜなら彼女もまた自分の恋人である青年のなかに父的なもの兄的なもの、——つまり自分を少女時代のように保護し守ってくれるものの姿をひそかに望んでいるからです。

こうした男女の心理はたとえ彼等が恋愛における男女同権を頭にもっている時でもやはり変わりはない。普通、恋愛は男性か女性のどちらかが、相手をリードしていく形で運ばれていくのですが、初恋時代には男性も女性もこのリードをたがいに避けようとする場合が多いのです。なぜなら彼等はそれぞれ、まだ相手をリードするだけの自信がないからです。生き方の上でも生活でも彼等は自分だけのことで精一杯な年齢なのでとても相手の手をとって引きずっていく心の余裕はないのです。ここから二人の恋愛の危険がはじまります。どちらかがあたかもリードできるような背伸びをみせねばならない。その結果「結晶作用」の例でお話ししたように、みじめな疲労や不安がこの二人の愛情の上におそいかかってくるのです。これは一つの例にしかすぎず、初恋が破れ易い原因は探せば幾つでも列記できるでしょうがこれ以上は分析しますまい。だがぼくの申しあげたいことはこうした危っかしい初恋であればこそ、みなさんはしっかりとそれを守り育てていってほしいということです。いや、極端に申しますと初恋とは第二回、第三回の恋愛以上にむずかしい、困難な試錬をもっているが故に、甘い感傷や流行歌的なセンチで眺めてはいけないのです。

　初恋を守り通せる人は人生の他の仕事でも忍耐づよい智慧者だと、ある西洋の作家が述べていますがこれは至言だと思います。初恋はあなたにとって甘美なものではなく、多くの場合、困難な試錬でしょう。多くの人はこの愛の最初の試錬に失敗し、やがて別の女性を愛しはじめた時、あまい感傷で昔の出来ごとを思いだすでしょう。だが一度、恋愛に破れた人はやはりその痕跡を心の何処かにもち続けているものです。もちろん、ぼくは初恋の失敗者が第二回目の恋愛をふまじめにやるのだと申すのではありません。しかしできれば最初の恋愛をみのらせること、美しく完成さすことが立派なのです。少なくともその完成にたいして忍耐と努力とを惜しまぬように努めるべきでしょう。初恋を恋の火あそびのために弄《もてあそ》ぶことは絶対に慎むべきなのです。

(四) 愛情表現の技術

恋愛中における愛情の表現にはやはり深い智慧と技術とがいるものです。あなたは自分の恋人に情熱のおもむくまま、すべて心の底の底まで表現したい、愛の証拠をハッキリとみせたいとお思いになるでしょう。

もちろん、その気持はそれ自身では純粋であり美しいものです。だが残念なことには恋愛は純粋であればそれでよいというのではなく、その恋愛がみのるか否かの点もあなたたちは考えなければならないのです。

変な例を申しあげるようですが、ここに大変、おいしいお菓子があるとします。そのお菓子を初めてたべた時はとても新鮮な味がして素晴らしいと思う人も、毎日毎日、このお菓子をたべさせられたらどうなるでしょう。きっともう見るのもイヤになる――そんな時が遅かれ早かれやってくるでしょうね。恋愛における愛情の表現方法もこれと同じだと言えます。下手な恋人たちは初手から思いきり愛情の表現をぶつけあい、示しあいます。はじめはそれは刺激的であり恋人同志の陶酔感をみたすかもしれません。しびれるような情熱の表現にたがいに幸福感を味わうこともできるでしょう。

だが不幸にして人間は我儘なものです。彼にはいつか「飽き」というものが埃のように溜りはじめるのです。あまりに烈しかった情熱の表現（たとえばキス以上のもの。肉体的な愛撫や肉体的な交渉など）もそれが繰りかえされればいつか色あせ、しぼみ、そして昔のみずみずしさ、新鮮さを喪失していくものなのです。

下手な恋人たちはこの「飽き」というものを計算にいれない。彼はただ情熱のおもむくままに愛の表現をかわし合う。そしていつしかその表現に魅力を失いはじめるのです。

だからぼくはみなさんに「愛情の表現はできるだけ小出しにせよ」ということをお奨めしたいのです。どんなに相手を愛していても、絶対に相手にすべてを見せないこと。少しずつその心をのぞかせていくこと。これは一見、計算づくのように思われるかもしれませんが、みなさんが御自分の恋愛をいつまでも枯らせたくないならば、どうしても必要な方法だと思われます。特にあなたが女性の場合はこの点をふかく考えて頂きたい。

あなたは恋人のためにすべてを与えてやりたいとお思いになるでしょう。自分が彼をどんなに愛しているか、あますことなく見せてあげたいとお思いになるでしょう。

しかし初手からすべてを曝けだせば、一時は彼は幸福感に酔うかもしれませんが、やがてそれに狎《な》れてくるのです。あたかもそうしたあなたの献身を当然のように思うようになるのです。恋人とは貪欲なもの。いくら与えても彼は要求するのです。「もっと、もっと、もっと……」と。

だが、この時、あなたの掌中にはもはや与えるべき何ものも残っていない。そして彼は不服そうに顔をしかめはじめるのです。

　のみならず、恋愛感情とはふしぎなもので相手がまだ神秘的であればあるほど相手の中にまだ未知のものが残っていればいるほど、情熱はたかまるものなのです。賢明な恋人同志はこのことを知っています。彼等は愛情の表現をセーブすればするほど、心の情熱がかえってその炎をますことを本能的に知っています。線香花火のように燃えあがるや否や消えていく情熱をどのようにいつまでも絶やさないようにするか――それを考えるのが上手な恋愛の秘訣なのです。

　ぼくは自分の教えている女子学生たちから時々、次のような質問をうけることがありました。

「先生、本当に愛しあっているなら、お互い純潔を捧げあってもいいのではないでしょうか」

　ぼくはそんな時、彼女たちから時代遅れな男と思われるのを知りながら首をふったものでした。ぼくが首をふったのは、恋人たちが結婚前に純潔を与えあい肉体的な交渉にはいることが道徳的に悪いと思ったからではありません。本当に愛しあっていたならば心も身も恋人に与えたいと思うのは恋人の本能だとぼくは思っています。しかし——

しかしぼくが首をふったのは、若い恋人たちがたやすく肉体的な世界にはいるのが恋愛の技術として下手だからなのです。肉体の悦《よろこ》び——つまり恋人たちが最後にわかちあうこの歓喜をあまりに早くから貪ぼり楽しめば、やがてそれに飽きがきた時、彼等は何を掌中にもっているでしょうか。他のいかなる愛の表現もこの肉体の悦びの前にはみすぼらしくみえるかもしれません。二人の間に秘密がなくなるということは結婚後の夫婦にとっては愛情の本質をつくりあげますが、多くの結婚前の恋人たちには必要な情熱を色あせ、枯らしてしまう原因ともなるのです。

ぼくの知っている限り、恋愛中に肉体的交渉をもった恋人の七十%はその恋愛で失敗しています。こう申しては申し訳ないのですが肉体的交渉の後、飽きの早くくるのは男性の方のようです。女性の場合は（特に日本の女性は）こうした時、男の心が離れれば離れるほど相手にすがりついていくものです。この事実は二人があまりに愛情の表現を初手から華々しく行いすぎたため、それに狎れすぎ未知の世界への悦びを失ってしまったことを示しているのです。

ですから、ぼくはみなさんに恋愛中における愛情表現に限界をつくることをやはりお奨めせざるをえません。それには二つの条件をつけ加えておきましょう。

第一の条件は、初手から烈しい愛情の表現を行わないことです。接吻という恋人には許された愛撫もやたらに濫用しないこと。本当に二人の心がたかまり、そうせざるをえなくなる瞬間までセーブしてみるのもまた楽しいものではありませんか。そしてまた愛情の表現は恋愛の進行速度によって少しずつ拡げていくようになさい。恋人同志になった日から何時間も何時間もつきあうようなことはやめて、その日は早くきりあげてごらんなさい。かえって次のデートが待ち遠しくてたまらぬものなのです。こうした心理を二人の男女がちゃんと知っていれば恋愛はさらに彼等に幸福感を与えてくれるだけではなく、その「持続」にもよい影響をもたらすのです。

第二には——繰りかえして言うようですが、恋愛中は最後の限界だけはできる限りこえぬようになさい。ぼくは道徳的な観点から申し上げているのではなく、恋愛をうまく運んでいく智慧からお奨めしているのです。恋人である二人にとってまだ知らない、まだ味わわない歓喜が遠くに存在しているのだという気持は二人をかえって結びつけてくれるでしょう。そしてその歓喜は二人が友人や社会から祝福されて恋愛（情熱）とは違った結婚（愛）の生活にはいる時、初めて開かれるのだという意識が、この恋愛を美しく稔《みの》らせてくれると思います。

二つの危険

初恋という言葉から皆さまはどういう連想をなさるでしょうか。

たとえばこんなことがあります。仲間たちと時々、年下の友人の噂話をしています時、「彼は恋愛をしているのだ」などと耳にしますと一同は一寸《ちょつと》、真剣な表情をうかべますが「彼初恋なんだ」と言われると、思わず、皆は微笑したりニヤッと笑ったりするものです。

別に初恋をしている若い友人を嘲笑しているのではないのですが、初恋という言葉になにか特別な印象があって、それがふしぎに皆を安心感に誘うのです。

巷で歌われている流行歌や、シャンソンを一寸、おききになってごらんなさい。初恋だけは恋愛のなかでもまだ熟していないもの、夢だけ誘うもの、悲しいもの、さまざまの陰影はあっても一種恋愛の手はじめのように軽く取扱われています。

初恋がそんな軽いもので良いならば、ぼく等はこの問題を殊更に取上げる必要はないかもしれません。

結論から先に申しますと、今から皆さまと考えることは初恋をこのように淡雪のような軽い、清純だが消え易いものとしてとりあつかうためではありません。初恋という言葉は便宜上、使うだけで、本当を言えば、ぼくはこの言葉使いがあまり好きではないのです。最初の恋愛がある人の人生の方向を全く決定してしまったり、それほどではなくても、その人の異性観や恋愛観の上に、拭い去ることのできぬ痕跡を残す例は決して少くないのです。

初恋を淡雪のようにもろい、消え易いものと考える危険と同時に、もう一つの危険が近ごろぼく等の間に拡っているように思われます。

職業柄、ぼくは自分たちより一世代あとの青年たちと交際する機会が多いのですが、そういう青年の中には極めてハッキリと「初恋なんて存在するのですか。ぼく等などは感じませんね」と言い切る人もいます。その言葉をどの程度まで真《ま》に受けて良いのか、若い青年にありがちな偽悪的な強がりかは別として、確かに戦後は初恋——最初の恋愛の意味が喪《うしな》われていっている事はたしかです。若い男女の交際もむかしの様に拘束されることはなく比較的伸び伸びとしているのは本当に見ても嬉しいものですが、ともするとお互いにたいする新鮮な受けとめ方、初めて愛し合う悦びや感動が次第に失われつつあるのも事実です。むかしの人々はそうした接触の機会が少かったためか、初恋というものはいつまでも消すことのできぬ思い出を創り、恋人の一語、一動さえふかい悦びや悲しみを伴って身をつらぬいたでしょうが、そういう無邪気な新鮮さ、感動深さはやっぱり我々の間では稀薄になっていっているのです。

今日、ぼく等にはこの二つの危険が初恋にたいして存在するように思われます。一方では初恋を正当な恋愛として取扱わず、なにか子供っぽい、やがては消えてなくなるもの、本当の恋愛のための一寸した準備のようなものと考える傾向であり、他方は初恋にたいしてみずみずしい感激や震えるような悦びを失っていく風潮です。

初恋はなぜ破れ易いか？

だが第一の危険、つまり一般にぼく等はなぜ初恋を、本当の恋愛の予備段階のように考えたり、始めから初恋とは破れるものと思いこんでいるのでしょうか。初恋を主題にした小説や映画をみていますと、まるで初恋とは破れるもの、破れるが故に美しいものと定めてかかっているような気さえします。

こうした感傷的な初恋の見かたは勿論、馬鹿馬鹿しいものですが、確かに初恋にはもろさ、破れ易さを伴っていることも否定できません。けれどもそれは勿論、絶対に破れ易いものではない。むしろ初恋とは破れるから美しいのではなくて、破れ易いにもかかわらず、愛する者たちが智慧と勇気によってそれを守り貫こうとする時、美しいのだと言いかえねばなりません。貴女たちの如何なる方が「破れるから美しい」と思って初めての男性を愛するでしょうか。愛し、愛された以上はそれが初恋であればあるだけに我々は懸命になって育てねばならぬのです。真実、人を愛する悦びと苦しみを知るのは新しい人生にはいることなのですが、それだけに初めての愛がもし真剣であるならばあるだけ、それに破れた時、裏切られた時の絶望や苦痛は肉体の痛みさえ伴うほど辛いものです。真剣な初恋に破れた時は、ぼく等は再起するまでまるで大きな手術のあとのようにながいくるしい闘いと忍耐とを必要とします。時には一生かかってもその受けた傷をいやすことのできぬ人さえあるのです。

ぼく等は初恋をできるだけゆたかに稔らせ、その失敗を防ぐにこしたことはないのです。そのためには初恋が破れ易い原因を皆さまと御一緒に考えることは決して無駄ではありますまい。

恋を恋するこころ

ぼくは若い女性たちに時々「貴女たちの一番の関心事は何であるか」とたずねる時があります。色々な返答をそのたびに得るのですが、それでも彼女たちが何よりも愛し、愛されることを願っていることは否定できません。女性は男性と違って愛することを一生の仕事としている以上、この事は誇りをもってお考えになってもいいのではないでしょうか。男性は残念ながら愛の世界では女性より劣ることをぼくはこの頃、屢々《しばしば》、考えます。男性は愛の世界のほかに仕事の世界、運命を創る世界がその心を占《し》めるのです。

　そういう女性にとって初恋とはこの愛するという本能的な慾望が初めて独立して営まれる時です。言いかえれば女性がその本質を摑む最初の日が初恋の日だとも言えましょう。だがその日をどんなに彼女は何年間も想いめぐらし、自分の心の片隅で丹念に想像していることでしょう。勿論、その日はそう簡単にやっては来ない。父親や兄弟ではない別の男性を愛すること、そして今日までとは別の世界で生きることは女性にとって、ある恐れやためらいを起させるものだからなのです。

　したがって彼女は心の中で自分がやがて愛するであろう男性の影像を美しい織物でも作りあげるように幾度も幾度も織りなすのです。この空想の男性はまだ空想である限り、彼女の自由自在になりますし、決して自分を恐れさせたりはしません。その影像は時には小説の主人公から、時には映画のヒーローから少しずつ組みたてられる場合もありましょう。

　けれども、やがて、現実に一人の男性があらわれて、初めて彼女に愛をねがう機会が訪れます。

危険なのはその時です。長い間、あまりにその機会を怯えながらも憬れていたために、多くの女性は相手の男性の本当の姿もハッキリと見定めぬうちに彼の願いに応える場合が多いのです。いや、むしろ女性の持っている想像力の烈しさに助けられて、相手の男性に全ての自分の夢、つまり長い間創りあげてきた恋人の影像を押しつける場合が多いのであります。

西洋の諺《ことわざ》にある「女は先に愛を求めた男を選ぶものだ」という言葉も、このことを言いあらわしたものと言えましょう。

相手をあまりに理想化して、やがて現実の彼と自分の夢とのギャップに気づいた若い娘たちをぼくも幾人か知っています。

逆の場合を考えてみましょう。貴女もまた相手の男性からあまりに理想化されて取扱われたとしたら苦しいでしょう。愛する者の夢を破らぬため貴女は背伸びをし、やがて疲れてしまう。男の場合だって同じことです。

愛するということは、まずよく見ることです。本当に愛するということは相手の美しい部分、善《よ》い部分と共にその醜いものや欠けていることまでも、よく見ることです。けれども初恋は多くの場合、相手を美しい夢想のヴェールで覆いかくし、本当の彼ではなく貴女の描いた彼に恋している場合が多いのです。

情熱を生かす智慧

初恋は女性にとって初めて異性を愛するという大きな陶酔や感激に支配されがちです。勿論、陶酔がなければ恋愛は成立しない以上、陶酔や感激が悪いなどと申すのではありません。いや、むしろ先ほど指摘しましたように恋愛の感動性が喪われつつある今日、こうした感情を保つことの方が望ましいのです。

しかし、それは陶酔に溺れろという意味ではありません。特に初恋の場合、文字通り、最初の体験であるために恋人たちはそこで智慧を働かすことを忘れがちになるものです。いや、むしろ、そうした智慧を恋愛にもちこむことを二人の愛情を不純にするものとして嫌悪することさえあるのです。

けれども智慧のない恋愛、特に初恋は破れ易いものなのです。誤解のないようにお断りしておきますが「智慧のある恋愛」を「計算的な、功利的な恋愛」と混同しないで下さい。智慧のある恋愛とは自分たちの愛情を正しく豊かに成熟させるため理性を働かす愛情のことです。

初恋の場合は初めての体験でもあり、未来や相手への陶酔感や夢想があまりに強いため、ともすれば自分たちの愛情の強さのみに頼りすぎ、それを過信しがちです。初恋の第二の危険ともろさはここにあるのです。

たとえば——どう説明したら良いでしょうか——恋愛の場合には進むことと同時にとどまるべき時、抑制すべき時、辛抱せねばならぬ時があるのです。人間の情熱や感情は行きすぎれば燃え尽き易く、繰りかえせば色あせがちなことを初恋の人はとかく忘れてしまうのです。

ぼくの女友だちでその最初の恋愛で、結婚前に恋人に心も身も与えてしまった人がありました。よくある悲劇ですが、相手の男はその後、彼女から離れていったのです。

彼女は勿論、自分たちの愛と恋人とを全幅的に信じていたから全てを与えたに違いない。けれども彼女は男の心とは相手の女性が未知であればあるだけ、その愛情をますものだということを知らなかったのでした。そして肉体の結びつきは、それが結婚や母性という秩序の上で行わなければ、悲しみと疲労と幻滅としかもたらさぬことを知らなかったのでした。

大切なことは上手な愛し方です。上手な愛し方とは自分たちの愛情を過信せず、その火をいつまでも消さぬための智慧なのですが、この智慧は初恋の人には往々にして忘れられやすいのです。抑えること、耐えること、とどまることの方が奔放な感情に身を委せるより、もっと勇気のいることであることを忘れて、初恋の人はともすれば盲目になるのです。

やがて、うつろい易い感情や色さめやすい情熱の限界に気づいた時、二人は既に離れ合っている場合が多いのです。

紙面の関係でぼくは初恋のもろさの原因を二つしか、あげませんでした。けれどもこの二つからだけでも皆さまは初恋がその危うさにもかかわらず、決して必ず破れるものではない事がお分りになると思います。繰りかえして申しますが、初恋とは粉雪のようにはかないが故に美しく、そして恋愛の前戯であってはならないという点をよく了解して頂きたいと思います。

友情と恋愛

私は、ある短期女子大に週一回、通っているのだが、そこの女子学生から時々、恋愛や友情について、色々な話を聞くことが多い。

「男の人って、どうして女性と友情が持てないんでしょう。こちらは彼に友だちづき合いをしているつもりなのに、彼ときたら、それ以上のことを考えるらしいんです」

同じ男性としてそう言う少し痛い？批評を聞くたびに、私は時として散読するさまざまの恋愛論のうち「友情と恋愛」についての男性執筆者と女性執筆者の考えのずれを一寸、思いだすのである。

勿論、このことは相対的なことだろうが、たとえば戸川エマさんは「異性間に友情は存在する」（「女性と恋愛」河出書房）と認めているし、作家の中里恒子氏もこれをハッキリ肯定しているのだ（「現代女性講座第二」角川書店）。だが、男性の執筆者の代表として数々の恋愛論を書いている堀秀彦氏の「私の恋愛論」をひもとくならば、読者は次のような明快な断定を見るのである。
「まだ恋人をもたぬ青年や処女たちの友情は恋の代用品にすぎないし、一方に恋人をもっている男性の友情は単なるつき合いに過ぎない。単なるつき合いは所詮、まことの友情ではない」

こうした男性執筆者と女性執筆者の意見のちがいは相対的なものであろうし、此処から軽々しい結論を下すのは危険である。けれどもこのことは少くとも、男女間の交際で、男性は相手や自分の肉体と性とを意識することが、女性よりも強いということをしめしている。勿論全ての女性がこの点を意識しないわけではあるまい。けれどもそういう場合でも、彼女は一つにはそういうものにたいする嫌悪から、第二にはさまざまな理由による肉体や性にたいする恐怖から、男女の友情にそれをみとめることに眼をそむけよう、意識しまいと努力するのである。

だが私たちは女性執筆者たちが考えるように「異性間に純粋な友情は存在する」ことを認めるべきであろうか。それとも堀秀彦氏のようにそれは一種の恋の代用品だと考えるべきであろうか。結論から先に言うと、私はその点、異性間に純粋な友情を認める女性執筆者側の考えにも、また、堀氏のように全面的にそれを否定されることにも、多少ちがった感想を持っているのである。

まず第一に私とて肉体を意識しない女性の友人がいる。だが、それはもはや彼女の肉体が私にとって一種の抽象体でしかありえぬような婆さんか、はるか年上の女性か、あるいは姉妹や従姉か、または小さな少女であるかのいずれかなのだ。私は男性であるし、若い女性をみれば肉体的に美しいと思わぬほど野暮天でもない。私は眼を持っているし、眼は楽しむためにあることを知っている。私にとり彼女の肉体がそうした楽しみをひき起さぬ婆さんや姉妹や少女とは、たしかに「純粋な友情」を持つことができるだろうし、また持った経験もあるのだ。純粋な友情とは勿論、色々な定義があるだろうが、ここでは便宜上、肉体を意識しない友情と考えて頂きたい。私はいやらしい趣味を持っていないから、男の親友と交際する場合、彼の肉体など考えたことはない。私は彼と精神的にしか交流しないから、その意味で純粋な友情である。けれども若い女子学生やガール・フレンドと交際している時は、彼女の髪の匂い、その声、珈琲を飲む時の口つき——つまり男の友人にたいしては絶対、感じない、考えない（そんなことをぼくが感じているとしたらぼくの友人は蒼くなって逃げだすであろう）ものが脳裏に浮びあがるのである。彼女たちと一緒に水泳に行く時は、その体の白さも眼にしみるし、まぶしさのあまり眼をそらす時もある。これは私だけではなく、この「知性」の男性読者の全てがそうであろうと思う。つまり、少くとも若い男女の交際である限り、肉体の意識は（女性はそれほどでないにせよ）男性側にはどうしても消すことはできないものだ。

けれども、この肉体を意識した交際を、ただちに「恋愛の代用品」と考えることは早急であるように思われる。

なぜなら、恋愛とはもっと運命的なものと私は思っている。たとえば、あなたがある女を愛した時を考えてみたまえ。あなたはその人とあなたとの結びつきに——たとえ彼女と生をともにできなくても——何か厳粛なもの、未来や決意、人生の意味、その人生の中での自分の姿、それらをすべてこめた運命的なものを感じるだろう。だが、思想や趣味が一致し、自分と共同的な仕事を持ち、その意味でわけ隔てない話ができても、この運命的な感情はなかなかよび起されまい。もし、それがたやすく呼び起されるとしたら、その人は自分の運命を大切にしない人なのだ。なぜなら恋愛とは普通、みなが考えるように趣味や性格や思想などの一致で生れるとは限らないのである。たとえ趣味や思想が一致しなくても、どうしても愛さずにはいられないXが我々の心に働かねばならぬのである。

だから私は男女間に純粋な友情は成立しないと思うし、また、そこから逆に男女間の友情が恋愛の代用品だとも思わないのだ。男女間には、老年の男女の場合や、その他、私が先にあげたような特別な場合を除いては、互いの性に無感覚ではいられないものだ。けれどもこのような意識の上で男女の友情を成立させようと私は言いたいのだ。ただ、それが多くの場合、特に日本ではまだまだ困難なのは確かである。その理由を今、二つあげてみる。

第一に日本の男女はまだ、感情教育ができていないこと。それは異性とつき合うことが伝統的に罪悪視されていたからだ。今日のようにそうした束縛が一応なくなった時でさえ、若い男性が女性にたいし気どったり、ぎごちない態度をしめしたり、偽善者や偽悪者ぶったりする様子を私はよくパーティーなどで見かける。女性の場合にも逆に男性を敵視したり、おびえたり、あるいは甘えすぎたりする点、同じことなのだ。つまり相手の性を極端に無視しようとしたり、あるいはそれに極端に捉えられ過ぎるからである。異性の友だちを異性として感じながら、しかもその感情を相互で認めあいつつ、それを昇華しようとする楽しさを味わうには、たしかに我々日本人にはまだ感情教育が足りないようである。

第二に、これは女性の読者には申し訳ないが、現在の日本では男性が女性と話していても、一緒に遊んでも、さまざまな面で頼りない面が多いのだ。つまり交際していても（肉体の面を除くと）あまり面白くもたのしくもないのである。これは別に女性の責任ではなく、そうさせた社会や封建制度に罪があるのだから気持をわるくしないで頂きたい。つまり友情に必要な精神や知性の交流のたのしみを、現状では女性に求めても、なかなかえられないので、どうしても肉体の意識だけの方に重点がかけられてしまうようになるのだ。

私は今、日本の若い男女の友情を妨げている二点をあげたが、こうしたことは克服されるし、克服されねばならぬと思っている。異性間には純粋な友情はありえない。しかし友情はありえるというのが私の結論である。

私の愛誦詩──「恋のうた」

恋のうた　　　ライナ・マリア・リルケ（大山定一 訳）

ゆりかごのように
僕の心をかなしく
疲れさせてしまうお前だが
しかし　一夜　僕は
寝床で泪していたと
お前に告げはしない

おまえもぼくのために
夜が眠れなかったといいはしない

このきびしい美しさを
黙って
いつまでも心に堪えていたらどうだろう

ゆりかごのように
僕の心をかなしく
疲れさせてしまうお前だが
しかし　一夜　僕は
寝床で泪していたと
お前に告げはしない

恋のうたと名付けましたが、この詩には別に題がありません。ドイツの有名な詩人ライナ・マリア・リルケの「マルテの手記」という小説の中で、アベローネという女性が歌う詩なのです。そこで僕は一応このような題をつけておきました。

リルケの作品は、日本でもたくさん翻訳が出ていますし、好きな人も多いので、皆さまの中にもお読みになった方がいらっしゃるでしょう。この詩人は自分の芸術のためにきびしい孤独な人生を送った人ですが、何よりもバラの花を愛していました。そしてある日、そのバラを摘もうとして指をトゲで刺され、その傷のためにやがて死んでしまったのです。

いかにも詩人らしい生涯の終りかたでした。この詩は僕が、リルケの五行詩の中でも最も好きなものの一つなので、ここにご紹介することにしたわけです。

私の愛誦詩——「鎮静剤」

鎮静剤　　マリイ・ロオランサン（堀口大學　訳）

退屈な女より
もっと哀れなのは
さびしい女です

さびしい女より
もっと哀れなのは
不幸な女です

不幸な女より

もっと哀れなのは
病気の女です

病気の女より
もっと哀れなのは
棄てられた女です

マリイ・ロオランサンは今更、申しあげるまでもなくフランスの有名な閨秀画家《けいしゅうがか》で、彼女の絵は日本にも愛好者が多いので皆さまのなかにはきっと御覧になった方が多いでしょう。しかしマリイ・ロオランサンの抒情的な詩を読んだ方は少いのではないかと思います。日本では堀口大學先生がずっと昔「マリイ・ロオランサン詩画集」として美しい訳本を出されました。この詩はその本の中でもぼくの好きなものの一つなのです。

この詩はもう少し長く、「棄てられた女よりもっと哀れなのはよるべない女です」という風に「追われた女です」「死んだ女です」と続き「忘れられた女です」という言葉で終るのですが、これだけとりだしても味わい深い。自分を不幸と思いがちの一人の女が自分の下にもっと不幸な女性がいることを考えながら心を鎮《しず》める——そんな独語の詩と思って読んで下さい。

女と電話

電話をかけている女を見るとき、ぼくはその人の足と背中とに気をつける。電話をかけている女は自分の声と話す内容だけに心を奪われている。だから体のいろいろな部分が無意識になり、無防備になる。

相手に自分の顔が見えぬと思うからだ。

そのなかでもいちばん、無意識に無防備になるのは足と背中だ。口や顔では陽気なことを言ったり、はしゃいでも、背中がひどく寂しそうな女がいる。そして、その足の組みかたにはその女の性格や、今、感じていることがあらわれる。ひろげた足、組んだ足、ひざを少しまげた足によって、ぼくはその人の心の動きを追うこともできると思う。

たそがれ、赤電話で電話をかけている女の背中を見ると、ぼくは人生を思う。笑って陽気にしゃべっているのに、この女にもいろいろなかなしみがあるのだなと思う。

まひる、レストランで電話をかけている女の足を見ると、ぼくはその女が今、なにを考えているのかと考えこむ。心のすみで恋人に会う楽しさをかみしめているのか、それとも口とは反対に、うつろな気持で受話器をとっているのか……そんなことを想像する。

Ⅲ

もう遅い、手遅れだ

あなたがもし四十歳以上の男性ならば、次のような経験は必ずおありではないでしょうか。

晩飯後、茶の間で家族が笑ったり騒いだりしている。その声にひかれて、あなたがその茶の間の襖《ふすま》をあけるとします、途端に家族たちはピタリと笑い声をやめ、座が白ける。妻は台所に立ち、息子や娘はそれぞれテレビに視線を移し、あなたは黙殺されてしまう。

なぜ、家族の者はあなたを煙ったがるのであろう。毎日、毎日、会社や工場で一生懸命に働いて家族を養うため身を粉にしていられるあなたをなぜ、どことなく敬遠してしまうのでしょう。

そういう時は、あなたは、寂しく自分の小さな部屋に戻られるがよい。火鉢の火をかき起しながら、降る雨の音でも聞き、男と生れた不運をじっと噛みしめられるがいい。手帳など取りだし、男の不幸や恨みごとを思いつくままに一つ一つ書きとめられるといい。

子供の時、あなたは女の子にくらべて幸福だったでしょうか。胸に手を当ててじっと考えてごらんなさい。そうです。思いだしたでしょう。あんたは近所の女の子が好きだった。好きだったが、あんたは恥ずかしくて、それが口に出せなかった。

だからあなたはその子の関心をひきたいために彼女の髪の毛を引張ったり、馬糞を投げつけた。あなたがそんな悪戯をやったのは、決して意地悪からではなく、男の子の愛情の表現だったのである。

だが無理解な先生や親はあなたを叱り、罰として夕暮れ、外に立たせました。あなたは泣きながら、大人たちの鈍さを憎んだという一幕、（山本有三の小説的場面なり）もありましたな。

ニキビ吹きはじめ、声変りなどしはじめた少年時代のことも思いだして下さい。あなたは自己嫌悪のために、どんなに孤独で辛かったか。その頃、女の子たちは娘となっていく自分をほこらしげに見ることができるのに、少年であるあなたは、自分の肉体を醜いと思い、肉体の中を吹きまくる嵐に途方に暮れたでしょうが。

登校する電車の中で、若い少女たちに出会った時の屈辱感は生々しく憶えているでしょう。あなたはたまりかねて友人たちとギャアギャア騒がずにはいられなかった。そうでもしなければ身が持たなかったからです。だがそんなギャアギャア騒ぐあなたを少女たちは軽蔑し、大人たちはウルさい小僧たちとしてしか眺めなかった。憶えているでしょう。

受験時代のあの苦しかった季節を思いだして下さい。姉妹たちは楽しげに茶の間で笑い声をたてている時、あなただけは男であるために机にかじりつかねばならなかった。女の子たちはどうせお嫁にいけばいいんだがお前は男だから食えるようにならねばならない。そのためには×大学にどうしても合格しなければならぬと毎日毎日、母親に言われて……。

女の子と交際する年齢になりました。女の子がデートの時、喫茶代や食事代を払ってくれたことがありますか。自分一人ならばラーメン一杯ですませる娘が、男の子と一緒の時は厚かましくもビフテキやサラダを注文するのです。そして食べ終ると、自分はもう用はないと言う風にさっさと外に出ていきます。

小面憎いのは、そのくせ、彼女たちに都合のいい時、男女同権をふりまわすことです。

「うちの会社ではね、女の子にお茶くみをさせるのよ。すごく封建的だわ」

そんなに男女同権を主張するなら、喫茶店やレストランでも同権にして頂きたい。割かんにして頂きたい。心の中でそう思ってても口に出せぬのが男の不幸だと、あなたはきっと一度ぐらいはお考えになったに違いありません。

しかし男の不幸の最も大きな一つは、恋愛時代や婚約時代に恋人のセンチメンタルな、おっ恥ずかしい言葉に、じっと耐えねばならぬことでしょう。あなたはきっと経験もおありだと思いますが、女性というものは、どうしてああ背すじの寒くなるような言葉を平気で呟けるのでしょ。

「まあ。車をとめて。この霧……巴里《パリ》の霧みたいだわ」

（ほんまかいね）

「ああ。この一瞬……あたしの長いこと待っていた瞬間がきたのだわ。人生って愛ね。愛よ」

（屁でもこいたろか）

「お月さまが泪《なみだ》ぐんでるわ。あなた、あたしを倖せにすると誓って」

（ナミアミダブツ）

こうした自意識の全くない存在をただ異性であるという動物的理由のために、恋愛したり婚約せねばならぬことは男の不幸だとあなたはお思いになりませんか。のみならず我々男性はこうした女から次のような選択標準さえ押しつけられているのです。「ムードのない男は嫌だわ」とか「首にニキビのある男はゾッとする」とか「あんまり善良すぎる男は魅力がない」とか……。

そして結婚生活がはじまる。結婚生活の中で男が不幸ではないとしても、結局においては損な役割をさせられていることはたしかに一面の事実でしょう。

男が結婚生活で不幸なのは、体力や生命力という点では実際は劣っている男が過重労働を強いられているという一事実によってもわかります。それに夫の愛という美名を押しつけられて……。

戦争の時、駆り出されるのは誰か、それは女ではなく、男です。

蟻のように家族という重荷を背負って働かねばならぬのは誰か。それはおおむね女ではなく男です。

戦争直後の飢餓時代、女で栄養失調のため死んだ者は厚生省統計でもほとんどありませんよ。栄養失調でバタバタ倒れたのはみな男です。女には何を食っても（柿の葉でも、雑草でも）これをみな脂肪にする特殊な力があり、そのために同じ飢餓状態におかれても、女はいつまでも生きられ、男はそれに耐えられないのだそうです。

現代の医学者は本質的に女のほうが男より生命力のあることを証明しています。あなたも御存知でしょうが、男の平均寿命は女のそれより少なくとも五歳は低いのである。

それなのに男は働かされ、戦争に駆り出され、日曜大工をさせられる。これは不幸でないとしても、たしかに損だと思いませんか。

あなたは生命保険を自分にかけていられますか。あなたが先に死んだあと、その生命保険を享受するのは妻です。貴方は死んだあとも妻のため働いているわけだ。

結婚生活後、あなたはもう何年たちましたか。

いつの間にか、子供たちが母親につき、理由なく、あなたを蔑んだり敬遠したりしていることに、四十歳以後、あなたはやっと気づいた。しかし、もう遅い。手遅れだ。

晩飯後、茶の間で家族が笑ったり騒いだりしている。その声にひかれて、あなたもその仲間に入ろうとする。だが、途端、家族たちはピタリと笑い声をやめ、妻は台所に立ち、息子や娘はそれぞれ不快そうな表情をしてテレビのチャンネルなどを動かしはじめる。

あなたはそういう時、寂しく自分の部屋に戻るより仕方がない。

一人、火鉢の火をかき起しながら、雨の音でもきくより仕方がない。

にもかかわらず女たちはいつも言う。「女なんて、本当に損な役割だわ、今度、生れ変る時は、男になりたい」

なんという厚かましさ……。

浮気十戒

一戒　よろめきブームに酔うな。マネをするな

ちかごろは猫もしゃくしも浮気ブーム。亭主であれ細君であれ、口先ではアレコレ批評しても、内心では浮気にたいして、羨望を感じているのが事実のようだ。だが浮気道とは、素人さんが手を出すと、大火傷をしかねない火遊びであることをきもに銘じること。当世流行のよろめきブームにまどわされて「ぼくも一つ」「あたしだって」と軽はずみに考えぬこと。浮気道は文字通り、きびしい道ですぞ。

二戒　ケチなお方と体力のないお方は浮気をなさるな

まず、この浮気道はモトデなしにはできぬこと、浮気の相手の心をキャッチするためには、ある程度はプレゼント攻勢もしなくてはならん。あいびきの費用もことごとく、男性

が出費せねばならん。相手はこちらの懐工合を考えてくれる女房殿とはちがうと心得るべし。

その上、浮気が女房に洩れぬためには、家庭にあっては女房にも昔のように充分サービスする必要がある。体力も充分いる仕事なのである。

だからケチなお方と体力のない方とは、浮気はなさらぬがおため。

三戒　浮気の相手にウブ娘と尼さんをえらぶな

浮気道はいうなれば高尚な遊びであり、相手を不幸にする姦通とか邪恋とかとは、全くちがうことを心得てほしい。だから、まだ世間も男もしらぬ若い娘と浮気するのは、浮気道ではない。

ウブな娘はいつも頭の中で恋愛をしたいと考えているから、相手がよくよく虫ズの走るような男でない限り、恋をしやすいのである。けれどもこういうウブ娘をひっかけて何の自慢になろう。ましてこういう娘を捨てて泣かせねばならぬとは、本当の浮気修業者のとるべき道ではない。修業者は決して、尼さんとウブ娘とには手を出してはならぬ。

四戒　相手を結婚でつるな

妻帯しているくせに、相手の心をいち早く摑みたいために、浮気修業者が往々おちいる過ちは、女のもっとも弱い「結婚しよう」の手を使うことである。これは修業者のもっとも卑怯な方法である。ウソをついて成功した浮気は、本当の浮気ではない。

妻帯者は堂々と妻あることを相手に宣言すべし。この宣言はかえって君に二つの利点をもたらすのである。

①相手は君を正直と思うこと。

②のみならずこれはイザという場合（結婚を迫られた時なぞ）大いに役立つのである。

五戒　相手に自分の女房の悪口をいうな

よく酒場《バー》などで、しきりに自分の女房の悪口をのべ、酒場の女性たちの歓心をえようとしている男をみるが、あれは男の中でも下《げ》の下の下。積極的に女房のことを言う必要はないが、もしきかれたら、自分の女房のことはホメるべきである。

「そんなことをして嫌われませんか」ですって？

馬鹿いっちゃいけないね。酒場で働く女性たちは、自分の女房を他人の前で堂々とほめる男を、思いがけなく信頼するものなのです。

「あたしがこの人の恋人になっても同じように大切にしてくれるだろうな」そう思うものなのです。女心とはあなたの考えている以上に微妙なのである。

六戒　女房にはいつも「俺は今日浮気してきた」と言え

女房を一番安心させる方法は、自分の浮気をかくすことではない。こういえば素人衆のみなさんは驚かれるだろうが、これぞ浮気道の極意の一つなのである。

女房には毎日、毎日、自分はウワキしたと言え。始めは嫌な顔をするが、そのうちに慢性となり「この人、本当は何一つできないもんだから、口ばっかりよ」と内心で亭主を軽蔑し、とても浮気などできる男ではないと安心するようになる。この時を狙って本当の浮気を行い、いつもと同じように「浮気ヲシテキタ」と言うのである。

もちろん、女房殿はいつものデンだと考え、フフンのフン。頭《てん》から信じない。信じないから怒らない。わめかない。ヒステリーも起こさない。

のみならず浮気が発覚した時も、完全なる弁解ができる。

「俺はあの時正直に告白したぜ。それを本気にしなかった君が悪いんじゃないか」

いかがです。これが本当の浮気者のとるべき策戦なのである。

七戒　わが家の門でもう一度、ポケットを調べよ。体の匂いに気をおつけ

とはいえ、女房を甘くみてはいけない。けだし女には、男の想像できぬような鋭い直感があるからである。

浮気をした日に帰宅した時は、門の前でポケットを調べよ。芝居の切符のキレ端がうっかり二枚はいってないか。料亭のマッチが入っていないか。

本当の浮気修業者は自分の手帳には当日「会議、その後○○氏招待の件」など、女房どもの目をくらますアリバイを細かく細工しておく頭を持たねばならない。ましてハンカチに口紅のあとをつけたりするのは最低である。

なお、男性が鈍くて、女性が敏感なのは匂いである。女房に浮気をみつけられた亭主の八十％は、相手の女性の香水が体にそこはかとなく染みついていたためという。これをかくすには、帰宅途上、ニンニクの一つでも買い、それを嚙んで猛烈な臭気を体に漂わせること。

なお玄関で良心の苛責にかられ、平生とちがった表情をしたり、わざと快活をよそおわぬこと。疲れたような表情が一番眼をくらますにはいいとカザノバが言っている。

八戒　浮気を恋に深入りさせるな

人間は弱いものであるから一人の異性と浮気をして、かりにでも惚れてしまうならば、自分はもとより相手をくるしめねばならぬ。女房さまを泣かせねばならぬ。これは浮気の邪道である。浮気は浮気にとどめ、本当の恋に転化するな。だからあなたは少くとも、二人の女性にいつも関心をもつがよい。なぜなら一方からフラれても、もう一人の女性がいる以上、本気で苦しむことが少くなるからである。浮気は自分もたのしみ、相手もたのしみ、カクテルと心得よ。

九戒　あとくされない相手をえらべ

浮気はたのしい高尚な遊戯である。だが相手がもしあなたに夢中になってくればどうする。結婚してくれねば自殺するといって、本当に鉄道でバラバラに自殺をしたらどうする。そういう所に浮気道のむつかしさがある。だから相手のえらび方も大切である。あまり夢中になる女、万事を本気でとる女とは浮気をしたもうなよ。

十戒　別れぎわを楽しくせよ

浮気の一番のむつかしさは別れぎわである。相手も自分も「ああ楽しい半年だった」とさらりと別れられるようなら、これにこしたことはない。

いずれにしろ自分の女性だったのだから、別れぎわにみっともないマネをしてはならない。金のいる女には金をおやりなさい。金のいらぬ女性なら礼をおっしゃい。

夫婦喧嘩

夫婦喧嘩というものはどんな家庭でもあるだろう。喧嘩をしないような夫婦は、かえってもうお互いが本当に心の底から憎みあっているような夫婦だと思う。そして私は孔子さまのような聖人君子だって夫婦喧嘩はしたのだと信ずる。

私の家でもよく夫婦喧嘩がある。しかけてくるのは、もちろん妻だ。

男は女と口喧嘩をすれば必ずと言ってよいほど負けるものである。第一、女の論理というのは男の論理のようにスジミチがたつものではなくメチャメチャの飛躍だらけであるから、まともに争っていると必ず、男が負けてしまう。

だから男の中のあるものはたまりかねて、手を出す。男が手を出すと大変だ。ヤバンジンとか親にも叩かれたことのない私によく手を出したわねと来る。だから妻に手を出した男は最後は敗北する。

私の夫婦喧嘩のコツは次のようなものだ。女房がまくしたてている間、一言も口をひらかない。下をうつむいて、悲しそうな顔をして、心では別の事を考えている。たとえば東京から大阪までの駅の名前でも思いだしておけばよいのだ。

東京、横浜、小田原、沼津、静岡ベントウ、ベントウ、ベントウに熱いお茶ア。

そのうちに敵さんは口がくたびれてきて前よりは少し怒り方が下火になってくる。相手が疲れ果てた頃、窓に顔をあてて、悲しげに、寂しげに庭の一点をみている。だまって一点をみていればいいのだ。そうすると女房も寂しそうな亭主をチラッ、チラッと横眼でみて、

「ひょっとするとあたしも言いすぎたんじゃないかしら」

そう考えはじめるものである。そうなればしめたもの。こちらに勝運がまわってくる。

女と喧嘩している時、いつもおどろくのは過去にたいする記憶力の非常に強いことだ。女とは一般に過去にあったこと、過去にこちらの言ったことを実によく憶えている。

「あなたは今、こう、オッしゃいましたけどね、六年前の九月二十七日に、それと全く同じ約束をしてますわよ。その約束を破って、今度も、同じことをくりかえしますの」

こういう風にやってくるから、男は気をつけなければならない。女は男と違って針仕事や炊事をしている時、過去のことを牛のように胃袋から出して反すうしてはまた胃に戻すのではないだろうか。

いずれにしろ、女房と口喧嘩を本気でやれば必ず負けるものだ。私の友人たちもみなそう言っている。まともにぶつかっては損だ。

私のいつも取っている戦法が一番効果的だと思う。

夫婦喧嘩礼讃

おかしな言い方ですがぼくは夫婦喧嘩礼讃論者です。もう年もとられ、しみじみとした夫婦愛の境地に達せられた老夫妻の場合ならばいざしらず我々のように二十代、三十代の血の気の多い夫婦の間でケンカが一度も起こらないということがまず信じられません。いや、むしろ、お互いに夫婦であればこそ「うぬッ。この鬼ババア」「なによッ黒ゴリラ」と喧嘩をやりあうのであって、もしこれがお互いに関心のない冷ややかな赤の他人であれば、相手がどうなろうが、黙って傍観しているにこしたことはない。「夫婦喧嘩のたえた時、夫婦の愛情は冷ややかになっている」と仏蘭西《フランス》のある小説家が言っていますがこれは九十%まで真実だと思う。

正直に告白しますと、ぼくは結婚生活五年です。その間、夫婦喧嘩の数は十度や二十度ではない。百度はあったと思う。友人の作家たちにきいても彼等も夫婦喧嘩を大いにやっていると言う。いつだったか友人の三浦朱門がぼくの家に腰がイテ、テ、テテとわめきながら来たことがある。話をきくと奥さんの曾野綾子さんに椅子でブン撲《なぐ》られたのだそうです。もっともこれは後になって三浦朱門の誇張された表現であることがわかりましたが、三浦曾野夫妻だって椅子をふりあげて夫婦喧嘩をやると考えれば世の中には大いに安心できる読者もいられると思い、特にそっとお知らせする次第です。

　夫婦喧嘩をしたことがないという夫婦の二十％は夫か妻のどちらかがホトケ様のような人である。しかしぼくはホトケ様にはとてもなれぬ男だから、やっぱり妻にケンカはふっかけるし、妻から売られたケンカは買ってしまう。「ああ、私が悪いんです。みんなみんな私が悪いんです」と静かに女房の打擲《ちょうちゃく》に法然上人のように耐えることはぼくにはとてもできん。汝、右の頰を打たれれば左の頰を撲りかえせというのがたいていの夫婦のルールではないでしょうか。

　次に夫婦喧嘩をしない八十％までは先ほども申しあげたように、既に夫婦というよりは、同じ家に住む「赤の他人」になってしまった男女の場合でありましょう。お互いがもうお互いに無関心で、相手が何をしていようが、ひややかに黙殺する――そんなしらじらとした関係なのでしょう。

　だから夫婦喧嘩はその七十％が、夫婦がうまくいっている証拠といえます。もっとも夫婦喧嘩をやっている時は世の中によくもこれほど憎ったらしい相手がおったものだ、とお互い考えるものですが、これは兄弟喧嘩と同じようで、一応、怒鳴ったり、物をこわしたりした三時間あと、ふしぎなくらいこの感情がうすれるから妙である。それは夫婦喧嘩をすることによってお互いが一種のスポーツをやっているのであり、憂い生活のさまざま、もろもろのことを夫婦喧嘩に託して全部発散さす肝癪玉《かんしやくだま》の遊びに似ているからです。

しかし、だからといって夫婦喧嘩をぼくは決してなめているのではない。夫婦喧嘩を今申しあげた精神衛生のために発散させ一種のスポーツに終わらせ、それ以上の深刻な危機に至らしめないためには夫婦喧嘩のルールがいると思うのです。ちょうどスポーツにルールがあるように夫婦喧嘩をスポーツ以上にしないためにルールを設ける必要があるのです。

ぼくがそういうことを考えたのはぼくが小説家という仕事をしているためでした。いわゆる一般のサラリーマンの方たちと違って小説家はたいていが自宅を仕事場としています。ということは朝から晩まで夫婦が同じ家で顔をつき合わせる生活になっています。これは必ずしも結婚生活によいことではないと言うのは普通のサラリーマン生活なら、朝、起こった一寸《ちよつと》したいさかいも夫が会社に外出した八時間の間にお互い忘れてしまうことも多い。しかし夫婦が一日中、顔をつき合わせている我々商売の生活では、朝起こった一寸したいさかいが、その日のうちにふかい傷となって拡がることがよくあるのです。そこでぼくはこの傷をできるだけ拡げない夫婦のルールが夫婦のあいだに必要だと考えたのであります。

夫婦喧嘩のルールはもちろん、それぞれの夫婦によって違うでしょう。人間の顔や性格がそれぞれ違うように、それぞれの夫婦にはそれぞれの喧嘩発生の理由が各家庭によって異なってくるからです。しかしここで一般的なルールを申しあげますと、それは次のようなものだとしてもほぼ間違いはありますまい。

（一）女房の容姿をきたないと言わぬこと

女房の容姿についてケンカのさい、「このオカチメンコ」とか「この馬ヅラ」とかいうような野卑な批評はもとより、「俺もなあ美人の女房をもらえればもらえたのになあ」などと歎息まじりに呟く亭主は夫婦喧嘩のルールを最も知らぬものと言えましょう。女房というものは妙なもので亭主がその容姿をけなせばけなすほど醜くなり、ほめればほめるほどキレイになると心得べし。

（二）相手の実家の悪口を言わぬこと

「なによ、あなたのお母さんは」とか「お前の里の家庭教育はなっちょらんのだな」等、努々《ゆめゆめ》口に出してはいけない。それはもっとも夫婦らしくない卑怯な言い草である。

（三）夫の能力や才能を小馬鹿にしたようなことを言わぬこと

「電気冷蔵庫一つ買えぬ亭主のくせに」とか、「ああア……もっと働きのある人のところにお嫁にいけばよかった」とかは時として女房族の口から洩れる言葉ですが、この種の言葉は夫の自尊心をもっとも傷つけるものなのです。さきほど夫は妻の容姿を軽蔑してはいけないと申しましたが、妻は全く同じように夫の能力や才能を軽蔑した言辞を夫婦喧嘩の際、おりこんではならないのであります。妻にバカにされるうち、夫はおそらく自分の最後の自信まで少しずつ喪《うしな》っていくからです。なお、夫を他の同年輩の男性や、妻を他の同年輩の女性と比較することも慎しむべきでありましょう。

（四）喧嘩を長続きさせるな

これはぼく自身の気持かもしれませんが夫婦喧嘩は「夕立ち」式でいくべきだと思います。パッとやってガラン、ピシャン、ドン。あとは爽やかなほうがスポーツ的であるような気がします。むしろいけないのは梅雨の淫雨《いんう》のようにジドジドと長続きのする夫婦喧嘩です。特に夫婦が「黙りっこ」の喧嘩はいけないといえましょう。

（五）どちらかが最後には折れること

「黙りっこ」の喧嘩、ジドジド喧嘩になった場合はどちらかが折れることが大切でしょう。その場合はできたらあなたたち女房がイニシアチブをとった方が賢明です。要するに亭主などは子供と思って「負けるが勝ち」の戦法をとったほうがよいのです。

以上のルールをそれぞれの夫婦のかたたちが御自分の環境にあわせて考えてくだされば ぼくのように夫婦喧嘩礼讃説に傾かれることは疑いないでしょう。

浦島太郎と読書

ながい間、病気をしていたせいで、すっかり浦島太郎になってしまった。東京のどこそこに、こんなホテルがたった、こんな高速道路ができたと見舞にきてくれる客から話をきかされ、写真などをみせてもらっては感心している始末だ。

「良くなったら一度、二人で東京見物をしましょうよ」

と妻がいう。妻も毎日、自宅と病院を通いつづけるだけだったから、私とおなじほど変っていく東京を知らないのだ。

「そうだな。二人ではとバスでも乗ってみるか」

と私は言ったが、中年の夫婦がいわゆる老夫婦のように肩をならべてはとバスにゆられ東京の名所につれていってもらう図を考えると何だか照れ臭くなってきた。

浦島太郎になったがその反面、すべてが満更わるかったわけではない。一日中、寝床にいるわけだから否でも応でもテレビをみたり本を読む以外、時間のつぶしようがない。テレビなども我ながら感心するくらい一生懸命にみている。その一生懸命にみている番組が「ポンポン大将」とか「スーパーマン」という子供の番組でもあることに自分で気がつくと照れ臭い。部屋のなかに誰もいないから良いようなものの、友人などに不意にみつかったら笑われたろう。しかし実際、健康な時は決してみないであろう子供番組にも一喜一憂していたのである。

　これは自分だけかと思っていたら、この間私と同じ病院に入院した芥川比呂志氏を見舞にいってみると、やはり熱心に「ポンポン大将」などをテレビでみているではないか。テレビをみない時はやはり本を読んでいる。これも誰にも拘束されない読書だ。私のような職業だと本を読むたのしみというのが世間の人の想像することができないほど少ないのである。

　というのは私たちはまず本が比較的一般の人より沢山手に入るが、その本の半分を純粋な読書欲からひらくよりは、仕事のためとか、その他の義務感で頁をひらくほうが多いのである。特に書評などを命ぜられて読む時はなぜか知らないが、ヒレ肉のかわりに靴の皮を噛むような感じになるのだ。書評をする必要もなく、それについて何かを書くという拘束感もなく、ただ楽しいから、ただ面白いから頁をめくっていく読書のたのしみを私は病気のおかげで何年ぶりかで手に入れることができたのだった。

しかし本というものは時間がありあまっている時よりは、暇のない時のほうが頭に入るものだ。病気のために暇ができて読む本は枕元につまれているが、やはり時間がありあまっていることが頭をにぶらせるものらしい。この点が病気の時の読書の欠点になる。

だから私たちのような職業の者は読書の機会に恵まれているようで、案外、読書のたのしみを他の人々よりは持っていないのかもしれない。「本をよんで、それが仕事なんだから羨しいね」などとよく人に言われるが菓子屋の息子は思いのほか、菓子を食う楽しみを知らぬのと同様である。

〝以上〟

夏、軽井沢に行く。というと聞えはいいが、別に別荘があるわけではない。毎年、空いた貸別荘をかりて、そこに家族ところがりこむわけだ。だから年ごとに住む家がちがう。軽井沢には文壇の先輩が多い。猫のひたいのような町だから、一寸でも表通りをあるいているとその先輩のだれかに会う。会うとこちらは頭をペコペコせねばならぬ、それが、照れ臭いし恥ずかしいから、私はできるだけ表通りを歩かない。

表通りを歩かないで裏の小道ばかり、日蔭者のように歩いていると、叢《くさむら》からブヨという小さな虫が足を噛む。ブヨに足を噛まれるとすさまじく腫れあがる。歩行も不自由になる。グリグリさえできる。

歩行が不自由になるから外に出られず、家の中で一日、ぐうたら寝ている。ぐうたら寝ていると頭は段々、バカになり、ロクなことを考えないようになる。ロクなことを考えないようになるから、女房が馬鹿にしはじめる。

女房が馬鹿にしはじめると私も癪にさわるから怒鳴りかえし、ここにハナバナしい夫婦喧嘩がはじまる。借りているのは貸別荘で自分の家ではないから、ブッこわしても大丈夫だ。大丈夫だがブヨのため足がうごかず、ビッコを引き引き、女房を追いかける時もある。そしてうまく相手に逃げられ、ヤケ酒を一人たのしみはじめる。

ヤケ酒を一人でのみはじめながら、つくづく考えてみると、夫婦喧嘩の原因は結局、自分が家におるためであり、家におるのは外でブヨに噛まれたためであり、ブヨに噛まれたのは先輩たちがこの軽井沢に夏くるからであるから——結局、みんな先輩文士のせいだということがわかり、大声で先輩文士のバカヤローと怒鳴る。

以上。

父親という実感

結婚生活における男性と女性との、一番大きなちがいの一つは、女性が出産の瞬間から母性となり変われるのにたいして、男性には自分と父性との関係がながい間、結びつかないことであろう。

ふしぎなことだがこれは事実である。ぼく自身もはじめて妻が子を生んだ時、鳥のように大きな口をあけて泣いている赤ン坊に、正直いって愛情がわいてこなかった。愛情がわいてこないというと今、庭で遊んでいる息子に申しわけなく、妻にもひどく叱られそうだが、これはほんとうだから仕方がない。

裸の小さな肉塊を前にしてぼくは「この子の父は自分である」といいきかせようとしたが、どうも実感がおきてこない。何かふれるのもこわいような、途方にくれた気分におちいってしまったのである。ぼくはその時、自分には父性愛があるのだろうかと自問自答し、なにかうしろめたい気さえさせられたものである。一方、妻といえば、今まで小さい弟などもなかった女だったのに、眼を細めてわが子をだいている。その顔はもはや女の顔というよりは、母性の顔だったのである。

息子にはすまないがぼくが父性愛をはじめて感じたのは、彼が数ヵ月後、はいながらぼくの腕にだかれにきた時である。こうした仕草は、男性のもつ保護本能を大いに刺激するものらしく、ぼくははじめて、彼の父親という意識にかられた次第だ。

こうした男性と女性とのちがいは、もっともな理由があるのだろう。女性は自分の子を生む前から、お腹の中で彼の生命の躍動を感じて自分の生命の半分を毎日、彼にあたえてやっている。女性は母親になる試錬をうけているこの間、われわれだらしのない男は、あいかわらず酒をのみ、くだらぬことばかりしているのだから、勝敗はさいしょからきまっているといえよう。

後輩たちが次から次へと結婚し、子どもができる。彼らが「俺あ、父性愛がなかなか起きんです」と歎ずるたびに、ぼくはニヤニヤしながら「いまに起きるぜ。待ってろよ」と答えるのである。

この間児童文学者の中川正文氏とソビエトに旅行した時、彼がソビエトの子どもたちをみると眼を細くして寄っていく姿に、大いに感動した。子どもたちも肌の色、人種のちがいをこえて、彼に近づいていくのである。中川正文氏はいつもポケットにわが子の写真を入れ、旅行中「ああ息子に会いたいなあ」と息子ノロケをした男であるが、これらから総合して判ずるに、男性の児童文学者は、ほんとうに自分の子をもってからこそ、いい作品が書けるのではないかと思う。ふたりの息子の父である中川氏は、こんど長篇を書くのだが、ぼくはこの作品を世の母親の方たちが読まれるとき、男性の子にたいする愛情をきっと感じられるにちがいないと思っている。

ホテルの小さなボーイさん——小さいときから働く習慣

ぼくは、子どもに対して、一口で言えば放任主義の父親である。

息子の日常生活で、あれこれ口出しする母親と、年とともに口答えを増す息子とのやりとりを、だまって眺めていることが多い。

それは一種のスポーツだし、それによって、母と子の仲は緊密さを増していくものだ。けんかも、いたずらも、成長の過程だと大目に見ている。が、小学校の五年生の息子に、次の二つだけは幼いころからきびしく守らせた。

一つは、バスや電車や町などで、めくらの人や、びっこの人を見かけても、決して振りかえってはいけないということ。

二つめは、学校で、自分だけ良い子になるなということ。

息子はまだ小さいのでわからないだろうが、世の中には自分の責任じゃなくて不幸を背負っている多くの人がいる。息子に、それらの人たちより、自分が高いところにいるなどと、考えちがいをして欲しくない。

これが徹底すれば、おとなになってからも、自分より貧しい人を軽蔑する心など起きるまい。

ぼく自身の子どものころを振りかえって、先生にすぐ、つげ口をする友だちは大きらいだった。そんなのは男の恥だと考えている。

「廊下のゴミをみつけたら、拾ってくずかごに入れましょう」などと、聖人ぶった提案をするような子もきらいだ。息子には、こんな人間になってもらいたくないのだ。

息子は、幸か不幸か、ひとりっ子である。今のところ、そのへい害はあらわれていないようだが、少しかまいすぎていやしないか、欲しいものをうばいあっても得るといった戦闘精神に欠けてやしないかと、気にかかることはある。

こんなわけで、ぼくは息子に、幼いときから働くことをたたきこんでいる。

まず、小学校に入学する前の年の夏、二週間の間、一日二時間ずつ、息子より小さい子のいる知人の家へ子守りに通わせた。

そこで彼は、自分のしたいことをがまんすること、自分が一歩しりぞいて相手にやらせるという訓練を、実地に体得したらしい。

二週間働いた報酬として、一日につき、五円与えた。

小学校に入学してからは、夏に滞在する軽井沢で、やはり二週間、息子は雅叙園ホテルのボーイをしている。まだ小学生なので、私服で、客の荷物はこびが仕事である。

そして、ひとこと「ありがとう」を言ってくれる客の実に少ないことが、彼にとっては不満であり、ふしぎでもあるようだ。それは逆に、「ありがとう」がどんなに大事な言葉であるかを教えてもくれるらしい。

二週間がすむと、息子はぼくがあらかじめホテルにあずけてあった金を報酬として受けとるしくみだ。

人生は、不幸なものである。だから、親が完全にめんどうをみきれる小学校の間ぐらいは、なんとか守ってやりたいと思っている。

しかし、もっと大きくなったら、そろそろ自活を覚えさせたい。大学の予科のころ、父にかんどうされ、それ以来自活したぼくは、そのときの苦闘が自分にプラスしていることを感じる。

ぼくはだんぜん、息子が高校にはいったら、寄宿舎にでも入れて、独自の道を歩かせようと思う。

ぼくの生家はカトリック信者で、ぼくは十二歳で洗礼を受けた。家内は結婚して信者になり、息子は生まれてすぐ、洗礼を受けた。

しかし、ぼくは、日曜日の教会の礼拝を息子に強要はしていない。

また、息子自身の意志ではなくて洗礼を受けたことを、マイナスとは思っていない。

彼もまた、青年期になれば人生の大きな悩みにぶつかるにちがいないが、ぼくはむしろ、息子の身辺に、格闘に足る強敵を、早くから与えているといった気持なのだ。

カトリック信者だからといって、特別な生活感情があるわけではない。ただ、物事の末端にこだわらない、人のことを羨ましがらずにマイペースで生活をするなどは、信仰を持つ人に共通の強みであろう。

かくしてぼくは、息子に勉強を強いず、塾通いはおろか、けいこごとひとつ、させていない。

息子はあまり勉強をせず、自由に遊び、ときどきぼくの仕事べやにはいりこんでは郵便物から切手をはがし、とりたてて大病もせず、無事に成長している。

Ⅳ

無名のヴァイオリニスト

ぼくの死んだ母は上野の音楽学校、ヴァイオリン科を卒業した。音楽学校時代、幸田露伴先生の御妹になられる安藤幸先生に教えていただき後にモギレフスキイ氏に師事していた。

ぼくが子供のころを思いだす時、いつも眼に浮ぶのは、ほとんど一日中ヴァイオリンを勉強していた彼女の姿である。たえず繰りかえされる同じ曲の一節。少しでも奏きかたがわるいとそれを一時間でも二時間でも繰りかえしている。

ぼくは母と入浴するたび、その腕をみせてもらうのが楽しみだった。左の腕と右の腕とはその発達のしかたが違うのである。

「これはヴァイオリンを奏いたためよ」

弦をもった左の腕がどうしても太くなるのだと母は微笑した。またその指先の端が弦をつよく押えつづけてきたため、小石のように、カチカチになっているのが、幼い私には少し気持がわるかった。けれどもこの指の先端や、太い左の腕は子供心にも、芸術というものは毎日、毎日のめだたぬ努力の連続であるように思われたのである。

小学校にはいってから、私はほんの遊び半分の気持で母にヴァイオリンを教えてくれないかとたのんだ。

母は笑った。まあ、およしなさいというような意味の言葉を言った。それでも私があまりにせがむので、自分のむかし使ったヴァイオリンを貸してくれた。小学校から帰るとあのボウイングという奴、――つまり弓の上げおろし、手首のひねり方の練習がはじまった。自分で頼んだ癖にぼくはたちまちにして悲鳴をあげた。単調な弓の上げおろしを五十回も六十回もやらされる辛さ。しかも手首が次第に疲れて、そのひねり方が崩れると、母はきびしく叱るのである。窓には近所の遊び友だちが口笛を吹きながら、そんなくだらぬことはよして、野球をやろうと誘っているのである。だが一度、教えはじめた母は与えた練習がすむまで、外見をしたり、ぼんやりすることを許さなかった。幸か、不幸かこの練習は三ヵ月にして終った。母はぼくにヴァイオリンを学ぶ資格がないことを知ったのであろう。だがぼくとしてみれば、遊び半分に楽器などをいじるものではないことを痛く知らされたのだった。いやそれよりも、この小さな失敗によってぼくは音楽であれ、文学であれ、すべて芸術というものは忍耐と努力なくしては生れないことを子供心にもわかったのである。そのころ、ぼくの家に上品な奥さんがやはり一人の美しいお嬢さんをつれて遊びにこられていた。そのお嬢さんは、ぼくより五、六歳ほど年上だったが、一、二度彼女と球なげをして遊んだことがある。名前を淑子さんといった。そのころから、このお嬢さんは歌を勉強しているということを母からきいた。ぼくはヴァイオリン一つならえぬ腕白小僧だったから、その温和しい、しかし球なげをすればなかなか上手いこの年上のお嬢さんを大いに尊敬していたのである。やがて彼女の姿がみえなくなり、母にきくと「フランスという遠い国に」音楽を勉強にいったということだった。

二十年後、ぼくはこの球なげの上手かったお嬢さんに仏蘭西《フランス》のリヨンという町でおめにかかった。当時、ぼくはリヨンの大学で勉強していたからである。お嬢さんは——いや古沢淑子さんはその時、スイスのジュネーヴに住まわれていた。ジュネーヴとリヨンはそれほど隔っていなかったから、ぼくは二十年ぶりに古沢さんにお会いできて嬉しかった。

母は遂に無名のヴァイオリニストとして死んでしまった。一度もその演奏を人にきかせたことはない。しかし、ぼくだけは母が死ぬまで、そのたえざる勉強と努力とをそばで見ていたのである。たとえ一度も演奏会を開かなくても、彼女はいかにも芸術家らしい芸術家だったような気がする。

私は母の人生とは違って小説家になってしまった。しかしもし、小説家にしてくれたものがあるとすれば、それは無名のヴァイオリニストであった母の、毎日、毎日の勉強であり、その単調な練習の生活をみながら、ぼくが子供心にも感じた芸術のむつかしさ、困難、きびしさは今日、ぼくが自分の小説のことを考える時、いつも心に甦ってくるのである。

ロビンヌ夫人——異国で知った第二の母

戦後、日本最初の留学生として、ぼくはフランスに行った。当時は、まだ外交も閉ざされたままで大使館もなく、三十五日間の船旅だった。今でこそ飛行機で一日。パリに行けば日本人の顔はザラだけれども、ぼくが行った時、日本人を見かけることはなかった。

パリ大学がはじまるのは、四月からではなく十月からだった。だが、ぼくは七月にパリから二時間くらい離れた、ルーアンという町にロビンヌさん一家をたずねた。友人から紹介してもらった家で、そこで大学に行くまでの三ヵ月間、言葉と風習を学ぶことにしていた。

ロビンヌ家はノルマンディー地方の建築家として知られ、ぼくより一歳下の青年を頭に十一人の子持ちの家庭だった。家族のみなさんにも世話になったが、特にロビンヌ夫人には一方ならぬ面倒を見てもらった。ぼくの母より五歳若いごくありふれたフランス婦人だったが、非常に心のあたたかい人で、厳しいシツケの中に、実の母に劣らぬ愛情を感じさせられたことがしばしばだった。いよいよ明日からぼくがパリ大学の寄宿舎に移るという日には、持ちものに不足はないか点検したり、あたかも息子が出掛けて行くような騒ぎだった。

そして、「お前は神経質なところがあるから、学友にからかわれた時は……」などと、言い返えす言葉やケンカの時の言葉まで教えてくれ、言葉の意味は説明できないから辞典をひきなさいと言う。

ぼくはお金が無くなるとアルバイトをやったりしたが、休暇が来るとロビンヌ家に急いだ。二年目にアルバイトをしたりして勉強する無理がたたって病気のために入院したが、その時もロビンヌ一家は病床にたずねてくれ、夫人は病気の重い間、通いで看病し続けてくれた。親も及ばぬものをぼくは受けた。

とにかく、ぼくはパリ大学の勉強を終って帰国した。それからは文通だけがロビンヌ一家とのかけ橋だった。一度、家内がフランスに行ったとき顔を出してもらったが……。

ところが、昨年偶然のことから、「フランスに国際電話をかけてみないか」と小田急デパートに頼まれ、ロビンヌ一家に電話をすることになった。

ぼくが受話器をとったのが午後二時三十分。向うはまだ午前六時三十分なのである。久し振りでロビンヌ夫妻の声が聞けるよろこびでいっぱいだった。ところが受話器に出てくれたのは夫妻だけでなく十一人の子供たちまで……。結婚して子供たちまである人たちが「妻を紹介するから……」「夫を紹介するから……」と次々と二、三秒で声が変わる忙しさ。ぼくにとって第二の母・ロビンヌ夫人とゆっくり話し合う暇もなかった。

夫妻で日本に来てくれたら……どんなにしてもご恩返しができるのに、と、ぼくは思う。そして、日本に来ている東南アジアの留学生たちに、日本の家庭が優しくしてやったら……と思う。なぜなら、ぼくはどんな時でもフランスびいきだし、そうなったのもロビンヌ一家あったればこそだからである。

病床交友記

入院して四ヵ月になる。病室は一階の廊下つきあたり近くにある。病室の窓からは庭のさまざまな樹木の茂みや玄関から正門にむかう暑くるしいアスハルトの道を覗くことができる。

入院した当時、これら樹木の中に白い花をさかせていた樹があったので、人にきくと馬《あ》酔《せ》木《び》だと教えてくれた。今はその花も散って夏の陽にすっかり蒼ぐろくなった葉をこんもり茂らせている。その樹立の少し離れたところに、これは珍しいほど大きな古い楠が一本そびえていて、その先端はむかし落雷で焼けたのか、二つに裂けたままになっている。

どうしたわけか、この楠にはよく四、五羽の鳥が止る。この楠に巣を作っているのかもしれぬ。空がくもって病院中が静まりかえっている午後の安静時間、突然、この鳥の群が嗄れた、いやらしい声で鳴きはじめることがある。黒い羽をぶきみに左右に動かしながら彼等が声をあげると、なんだか場所が場所だけにあんまり、いい気持はしない。

四ヵ月の間、実に色々な人が見舞にきて下さった。外出もできぬ身の上で接触する外界といえば今のところ、病室の窓からみえるこの楠や七月の陽にやけた病院構内の暑くるしいアスハルト路という風景だけだから、何より嬉しいのは病室の扉をコツコツと誰かが叩いてくれる音である。

入院した日の午後、一人で天井をみていた時、初めてその扉をコツコツと叩いてくれたのは近藤啓太郎だった。千葉の自分の町でとれた卵を箱にぎっしり詰め、

「おら、海亀の卵を持ってきただ」

と言いながら、まだガランとした病室の中に入ってきた。嬉しかった。近藤はこの卵の箱のほかに二冊のカバーをした雑誌をたずさえ、説明しはじめた。

「お前はだヨ、この卵を毎日、一個ずつ呑むだ。するとと精力がすごくつくな。それでこのヌウド雑誌を見るだよ。そしたらお前は一日も早く良くなりたいなあ、ヌウドも自分の眼で見たいなあと思うようになる。その結果、養生にもせいをだす」

それから急に小さな声で囁くように、

「おら、このヌウド雑誌を探すのにそれは苦労しただヨ」

と言った。彼が帰ったあと私はヌウド雑誌を養生法に結びつけた近藤のトン智に感服した。

海亀の卵のおかげで私はみるみるうちに元気をとり戻した。しかしヌウド雑誌は看護婦にみつかると困るから、押入れの奥にそっとかくしておいた。

病棟には癌の患者で手遅れになった人も多いから、私が入院して一、二ヵ月の間、私はここで息を引きとる患者の数がいささか気になった。病人の神経というものは妙なもので誰に聞かなくても病棟の誰かが死ぬと、その気配が敏感にわかるから面白い。その上、例の窓から見える楠の背後にこの病院の霊安室があって、夜になってそっとそこに遺体を運びにくる霊柩車のヘッドライトがこちらの病室の窓硝子に反射するから、すぐ気がつくのである。私は自分の部屋をみまわし、今、自分が寝ているベッドの上でもう何人、死んだのであろうかなどと、そんな馬鹿馬鹿しいことまで考えた。よし、私の前にこのベッドに寝た人を探してやろう。

「おばさん、この病室にはどんな人がいたんだい」

そこで私はある日、部屋の掃除をするおばさんに訊ねてみた。するとおばさんは、

「そうねえ。そう言えば……、あんたと同じようにモノかきの人が三年まえこの部屋に入院していたよ。……顔のながい、色のくうろい人で……ホッタヨシエと言いましたなあ」

私はそれはあの針金のように強い堀田善衛氏のことか、しかし、もしそうならば一体な

んのためにここに入院したのかとびっくりせざるをえなかった。もっともおばさんの言葉によると堀田氏はふわふわとした風のように入院し、四日間、ここにとどまると、また、ふわふわとした風のように何処ともなく消えていったという。

「ほんとうに、あの人は顔のなあがい、色のくうろい人だったのに風のように消えてしまったねえ」

とおばさんはまるでゲーテの「魔王《エルケーニツヒ》」の一節でもくちずさむように言うのだった。

七月、八月と暑い日の安静時間にベッドに石のように横になっているのは、はたからみれば楽なようだが、実は暑くて汗が出てあまり気持のよいものではない。私はそんな時、天井を睨みつけながら二年間もコルセットを体にはめて、脊椎カリエスを治した安岡章太郎がいつかしゃべってくれた話を思いだした。

安岡によるとこの病気の間、入浴もできず、体を動かすこともできぬので、彼は女友だちなどにたずねてこられるとワッと叫んで逃げたくなるほどだったということである。その彼も今はすっかり丈夫になって近々、米国へ行くという話さえ出ているのだ。

安岡はある日、米国に行く時の準備のために作ったのであろう一張羅の背広をドロドロによごしながら大きな丼をかかえてきてくれた。

「どうしたんだ、それは」

私は彼の上衣からズボンにかけて茶色い粘っこい液体がかかっているのを見てたずねた。

「いや、お前にこれを食べさせてやろうと思ってね」

彼は腕にもった丼の蓋をあけた。そこには彼が新橋のH飯店からここまで態々《わざわざ》かかえてきてくれた中国料理が入っていた。その汁が彼の一張羅の背広をすっかりよごしてしまったのである。

私はその心のこもった丼をたべながらまだ学生時代、初めて安岡と会った時のことを思いだしていた。そのころ安岡は二週に一度ほどカーキ色の兵隊服を改造したものを着て手にボストンバッグをさげながら昼休になると教室にあらわれた。そのボストンバッグのなかには何が入ってるのか知らなかった。

そのころの彼は――もちろん私はあとになって彼から話をきいたのであるが――三田のうしろの進駐軍の使う空家の番人をやっていたのである。彼の脊椎カリエスはまだよくなっていなかったから、無人のガランとした空屋にじっと寝たり起きたりして彼は色々なことを考えていた。私はその話を例のように眼をほそめながらしゃべる彼の声をききながら、そのころの苦しかったであろう彼の姿が眼にみえるような気がした。

私は昨年、彼とおなじホテルで仕事をしていたことがある。私はよく忍び足で彼の部屋にちかづき、扉を音のしないように開けて中を覗くと、彼はいつもなまけものという動物のように寝台の上に体をよこたえ、右足を壁にかけて、じっとうす眼をあけている。眠っているのか目をあけているのか、わからぬような顔をしている。私がゆすぶると、彼はふかい溜息をつきながら枕もとにおいた原稿用紙に腹這いになったまま鉛筆で書くのである。

「これも、みんな脊椎カリエスをやっていた頃の習慣でなあ」

と彼はびっくりしている私に照れくさそうな顔をして説明した。

病気といえば清瀬の療養所で肺葉切除の手術をうけた吉行は病床の慰めにと珍妙な玩具を持ってきてくれる。これはいかにも彼らしい思いつきであり、たとえばその玩具は磁石をつけたキス豚という赤と緑の二匹の豚である。間抜けな顔をしたこの豚は口と口とを接近させるとチュッとキスをするが一匹の尻を相手の顔に向けると「臭い！」といってうしろを向いてしまう。その「臭い！」の向き方が滑稽で私はつれづれなる病床で随分この豚であそんだ。

吉行の背中には三日月型の大きな手術の切り傷が残っている。彼はそのころの病気のくるしさをあまり口に出さない。それは吉行の生きかたのお洒落の一つであり、このお洒落は立派なものだ。手術後も肺の傷口は生々しくえぐられたままだから、咳一つすれば悲鳴をあげるほどの傷口に痛みが走るものだが、彼の場合は持病のゼンソクを併発したのだからその危険や苦痛は言語に絶したろう。しかしこの時の苦しさを彼はほとんどしゃべらぬし、彼のその頃の小説を読んでもそれをわざとはずして書いている。

　藤原審爾氏も肺の手術をうけた一人である。ある日肥った体をゆすりながら藤原氏が缶詰を沢山もってたずねてきてくださった。氏の場合は右も左も肺をやられて成形手術で肋骨をボキボキ折られ、その上、胆嚢《たんのう》を切り、胃を切ったというのだから体中がもう切られ与三郎みたいに傷だらけ。しかも肺の空洞だけでも五つあったという話を聞いて私は文字通り、おったまげてしまった。

「いや、それが人間は自分で想像しているより、もっと生命力がかくれているもんでね、ぼくなぞ幾度かの手術のたびにしみじみ、そのことを考えたよ」

と藤原氏は少し息ぐるしそうにハアハア言いながらしゃべってくれた。

　私は藤原氏の成形手術を見ていたある編集者の人から聞いたことがある。

「そりゃ、あんたスゴいものでしたよ。屠殺所で牛を殺す時みたいに、背中の肩胛骨をぐっとあげたんだ。すると血のまじった脂がタラタラその肩胛骨を流れて藤原さんの数本の肋骨が浮びあがった。それを鋏《はさみ》でボキン、ボキンと折っていったんですからねえ」

　この大手術のあとどんな患者でも十日ほど身うごきもできぬほどウンウン言うのだが、氏が手術後三日にして三十枚の原稿を書いたと聞いてもはや私は言うべき言葉を失った。私がこの話を看護婦さんの一人にすると彼女は溜息をついて「そういう人ならどんな女性も恋しちゃう。そんな人なら女は安心して何歳までもついていけるような気がする」と言った。

同じように一年前、肺葉を切った芥川比呂志氏も撮影の忙しいひまをぬって、病院に来て、もし手術をうけるような場合があったら、こういう注意をしろと色々と教えてくださった。芥川氏のように最近恢復された人は現在、病気の私には、一つの目標みたいになるので氏の病床手記をベッド・テーブルの引出しに入れて繰りかえして読んでいる。

考えてみると安岡といい吉行といい、それから三つ四つ年はちがうが藤原氏といい芥川氏といい、ぼくらの年齢の者はみな、胸をやられている。死んだ服部達も一緒に歩いているといつも手を口にあてて空咳をしては鞄の中からヒドラジッドの丸薬を出して飲んでいた。たべたい盛りに栄養のない戦争時代を送り、兵隊や勤労動員で体を酷使したせいだろう。まあ、仕方がない。これが我等の時代だったのであろう。

ある夕暮に一人でもの哀しく暮れていく空をみていると梅崎春生氏が酒のさかなを箱に沢山つめてやってきてくださった。一年前、氏も体を悪くして入院されたのである。入院される直前、私たちは梅崎氏と飲んだことがあった。平生より元気なくすぐ酔のまわった氏は衰弱しているようにみえた。そして途中で椅子からたちあがり酒場から外に出ようとしながら、私の顔をみて恨めしそうに呟かれた。

「い、いまにみろ。き、君だってぼくのように……か、からだを、わるくするからな」

この一年前の不吉な予言がピタリと当ったので、今や氏は嬉しそうに私の病室を検査され、ちょうど運ばれてきた病院の食事を、布巾を指でもちあげて調べ、

「粗食をたべてるんだねえ、君は」

と満足げにうなずかれたのだった。

夏のひどく暑い朝、汗をふきふき、庄野潤三が足を運んでくれた。私は彼のもってきてくれたプディングをベッドの上でたべた。とてもうまかった。私は彼に、病気になって窓から樹をみていると季節の移り変りが一日一日わかるので面白い、こんなことも病気のおかげで気づいたのだとしゃべった。

庄野はゆっくりうなずいて、自分はもうこの二、三年街にでず、そうした樹をじっとみるような生活を送ってきたと言った。彼は「静物」を書きあげたばかりだった。私は彼のその言葉と、書きあげた「静物」（まだその時、小説は雑誌に発表されていなかった）という題とが静かにむすびあうような気がして庄野の顔をみた。

阿川は例によってツムジ風のように来てくれた。彼は部屋に入るなり、持前の大声で、

「お前は客のもってきた見舞品を一つ一つ紙に毎日、書きつけてるそやないか。吉良上野介のようなまねをするな」

と怒鳴った。私はそれは、見舞にきてくださった先輩、友人にたいする病人の礼儀と心得のためであると抗弁した。すると彼はニヤッと子供のような笑いかたをして、

「俺は今日、都合がわるくてビワの箱しか持ってこれんかったのや。しかし紙には、メロンと書いておけ」

と言った。私は温和しく頷いて紙に阿川弘之氏、寄贈、メロン二箱と書いた。

作家などはたまに一年ぐらい何もせず寝台に横になって天井をみている生活もいいのだが、こうした先輩友人のおかげで体も少しずつ良くなっている。

私の日記

向うの国の作家はよく日記を発表する。ゴンクールの日記はあまりにも有名であるが、ジイドの日記、モウリヤックの日記、グリーンの日記など、私は机から手をのばして届く書架に入れておいて、時々、それを出して読む。それらの日記には、たとえばグリーンのように、現在書いている小説の下書きまで附けくわえて発表してくれる人もいるが、そんな下書きがなくても、私の興味を引くのは、彼等が友人の作家と交わした会話や自作についての解釈や、あるいは、昨日みた夢にいたるようなことを書きつけている部分である。そして、それらの事柄は、その作家自身の作品の秘密を、時には解きあかしてくれる鍵にもなることがある。たとえばグリーンはよく階段のでてくる夢をみて、自分の作品の中で、階段がどのように使われているかを反省している箇所などは、彼の作品の好きな者にはハハアと考えこませるだろう。また、たとえば彼がジイドに今日、会ってこんな話をきいたと記述している箇所は、グリーンにたいしてのみならず、ジイド作品の一つの秘密に、急に光をあてたような感じを我々に与える。

こういう作家の日記は、日本にはないのではないかと私は思う。かつてこの「新潮」で幾人かの作家が日記を発表したが、大岡昇平氏のものと、三島由紀夫氏のそれとが、僅かにその線にそっていたぐらいで、しかも、それは短い期間に限られていたために、むこうの作家の日記のような生涯の重み、作品の長い過程をときあかす迫力にはやはり乏しかった。

それでは荷風の日記があるではないか、と言う人もいられるだろうが、しかし、荷風の日記は河盛好蔵氏のいう「創作説」に私は賛成である。あれは日記というより、荷風が創作した作品なのであって、それは、東都書房版や中央公論社版より、更に原典にちかいという岩波版をみても、この考えは変えることはできない。のみならず、この日記は、荷風創作の秘密にスポットライトをあてる箇所はあまりないし、ほとんど他の作家と交わることのなかった彼の日記には、他の文学者との対話の面白さが存在しない。

私は作家になってから比較的、日記をつけてきた。つまりその日記は、自分の私生活は第二にして、先輩や友人から耳にした文学の話や彼自身の作品の解釈に役にたつような発言を、散歩や会合や、あるいは飲屋でふと耳にした時、忘れずに書きとめてきたのである。

いつか江藤淳氏にこのことを話しながら、例によって私はふざけて、

「その日記の中には、本当の箇所とウソの箇所とがあるんだよ」

と言うと、江藤氏は、

「ウソの箇所って」

「つまりそれはぼくの創作です。今日、××さんに会った。××さんが自分の創作方法についてこう言っていたと……半分は本当の通りに書いて、あとの半分は彼が言いそうだが実際、言わなかったことや意外なことまでを、ぼくが作りあげて書いてあるのさ」

「やア、面白いなあ」

「面白いだろ。後になって昭和女子大学の学生のように、何でも作家について書かれたことを集める連中が出てくるとする。その連中が、ぼくの日記を偶然みつけたとする。彼等にとっては作品そのものの価値より、作品成立の要素や過程や誰々が庶子だったとか私生児だったとかこんな女がいたということが大事だから、ぼくのウソを本気で信じて、論文かくだろ。そうなればどうなる」

「やア。それは面白い。やれやれ」と江藤氏はけしかけた。

　もちろん、この江藤氏との対話で言ったことは冗談であり、私の日記にはそんな出鱈目はないのである。本当に私が先輩から聞いた話、友人が自分の作品について、ふと洩らした言葉をそのまま記述しているわけだ。

その日記のうち、ごく重要な箇所は、それぞれの人の御許可をえねばならぬから、ここでは発表しないが、今、読みかえしてみると、たとえば野間宏さんとソビエト旅行しながらきいた話や、三島由紀夫氏がクロソウスキイの「ロベルトは今夜」について語ってくれた卓見や、安岡章太郎が自分の創作や、私の作品について述べてくれた面白い言葉や、梅崎春生氏が電話でふと洩らした人間観など、それぞれの作家の特色がにじみ出ていて、私は書きとめておいてよかったと思っている。その他、数多くの批評家や作家が出てくる。つまりこれは私のゴンクールの日記である。

しかし、そういうことだけではなく別のことも書いてある。

二年前の日記をみると、雨の日、慶應病院に入院していた時、病院の検査室に、血液や尿を調べてもらう人が行列していた。その行列の中に右手に蝙蝠傘《こうもりがさ》を、左手にシャーレ（検査をする瓶）をもった、みすぼらしい老人が交じっていた。その人はとても寂しそうだった。見ると正宗白鳥氏である。私はなぜ正宗氏がこんな所に来ておられるのかと思ったが、あとになって考えてみるとあの頃から氏は体の違和感を感じていられたのかもしれない。

また火野葦平氏や中谷宇吉郎先生と金沢に旅行した時、みんながこの両先生に色紙をもってくる。火野さんは夜遅くまでこの色紙をかいている、昼間、氏がみなにどんなにサービスをされているかを見ている私には、痛々しく思える。しかし、土地の人は私のような若造に色紙など書けとは言わない。火野さんはまたそれに気を使われる。一人の人が、しぶしぶ私に色紙をだしたが、すっかりアがった私は「汽車に乗って」と書きながら「汽車」を「滊車」と書き違えてしまった。

「もしもし」

その人は横から言った。「汽車の字が違っとるがな。米はかかんです」

私は真赤になった。文士ともあろうものが、小学校一年生も知っている字を間違えた。こんな恥ずかしいことはない。その時、火野さんが大声で叫んでくれた。

「君は何を言っているか、むかしの汽車は米をつんで走っとったんだ。遠藤はそれを知っとればこそ、わざわざ米という字を書き……」

火野さんの心情は相手に通じたらしい。私はうれしかった。

師走になって私はこの日記——つまり「狐狸庵日乗」と最近、名をつけたこの日記を開き、それを読みかえすと、さまざまな思い出が甦ってくる。

佐藤先生の弟子

私は日吉の頃、独逸《ドイツ》語のクラスであったが仏文科を三田で選んだのは、佐藤朔先生の「仏蘭西文学の潮流」という本を読んだためだった。

今でもはっきり憶えているが、ブルーの表紙カバーのかかったその本を私は偶然、下北沢の古本屋でみつけたのである。

この本で私はフランス二十世紀カトリック文学の存在を知った。マリタンが監修したロゾ・ドールや島々叢書のような存在を知った。ちょうどその時、私は吉満義彦先生が舎監をされている学生寮に下宿していたからマリタンの名は聞かされていたしその翻訳も幾つかは読んでいた。だが自分ではまだ独文をやろうか哲学をやろうか迷っていたのである。その時「仏蘭西文学の潮流」一冊が私に先生の講義をきくために仏文科に進む決心を即座に起させたのである。私は早速仏蘭西語の独習をはじめた。

あれから二十年、今でも私の書架にはこの本がある。開くとその中に沢山の書きこみがある。先生の御署名もあるが、もちろんこれは仏文科に進学してから先生におねだりして書いて頂いたものだ。

こうして、三田に進学してみると意外なことに佐藤先生の講義はない。井汲先生と後藤先生の講義だけでこれには私も閉口しがっかりしたものだ。

吉田という西洋史の学生が私を佐藤先生の家につれていってくれたのは大学の一年も半ば終った時だった。私が先生に自分は二十世紀のカトリック文学をやりたいのですと申し上げると先生はマリタンの「芸術とスコラ哲学」を読めと言われて御自分の書棚からその本を貸して下さった。独学の仏蘭西語には余りにむつかしいこの本を、しかしその夜から辞引を引きつつ一頁一頁、溜息つきながら読んだのをまだ憶えている。

三年生の時、やっと先生の「ジイド」の講義が開講になった。あの講義時間ほど三田の在学中、充実した時間をしらない。私はその頃自分でもよく勉強したと思う。

先生がある日、私をつれてＮＨＫにいかれたのも憶えている。そのＮＨＫの廊下で先生は長身の青年と立ち話をされていたが、その帰り、

「あれが白井君だ。来年から慶応に来るのだが、君たちは彼からサルトルを読んでもらったらどうだ」

とおっしゃった。

永戸氏や佐分氏は私の一級上の上級生だったがこの人たちと私とは、サルトルの「自由への道」をガリ版ですって、白井先生をお迎えした。大学の講義が終ったあと、空いた教室をやっと見つけて、白井先生からサルトルの話を伺ったのも懐かしい。

在学中、私は先生のお宅に吉田とたびたびお邪魔をし、時には泊めて頂いたことさえあった。私はその頃、怪しげな小説や評論を書き、さかんに先生のところに持ちこんだが、先生は御忙しいなかに原稿に評まで書いて戻して下さるのであった。今、思えば顔から冷汗のでるような原稿ばかりだが、あんなものまで眼を通して下さった先生の御恩は忘れがたい。小説や評論だけではなく川柳や漫画まで書いて先生のところに持ちこむと、流石に苦笑されて、

「漫画だけはうまい」

とおっしゃったものだ。

私の卒論は「ネオ・トミズムの詩論」でこれは原書を買えない時代だったから、先生から拝借したものばかりで書いたのである。

先生のお世話で鎌倉文庫にしばらく働き、それから仏蘭西留学をして病気になり帰国してみると、ある日、渋谷の余り奇麗でないバアで一人の若い学生がくってかかってきた。彼は私をドブに突き落したが、これが後年の若林真氏である。私は泥だらけになり、その

ためタクシーの運転手も臭いと言って乗せてくれなかったぐらいである。

卒業後も先生は、いつも私のことを気にかけて下さった。もう昔のように先生のお宅に伺って深夜までお話を伺うような向う見ずのことはできなくなったのが残念だ。しかし先生は必ず私の書いたものを読んで下さる。そして、時にはお叱りやお手紙を下さる。

先日、ある会のあと久しぶりに先生のお供をして銀座に出た。先生は何げない調子で、

「サルトルは色々なチャンネルを一つだけ残して全部切ってしまっている」

とおっしゃった。つまりそれはサルトルにふれながら、私に御注意を与えて下さったのである。

「遠藤は小器用だから心配だ」

と先生は前からおっしゃっていた。

「遠藤もチャンネルをできるだけ切ることだ」

その夜も、そういうお叱りをうけたが私は嬉しかった。久しぶりに学生時代、先生のお話を喫茶店でサッカリンの紅茶やコブ茶などを飲みながら、うかがっていた時と同じように嬉しかった。慶応の仏文科にはもう縁のない私だが、先生や白井先生や若林君や高畠君がいる限り、あそこは何か私の故郷のような気がする。

遊ぶことも人間を豊かにします

わかりきったことなのだが、日本人のぼく等の頭にはまだ、遊ぶことは悪とまではいかなくても時間や精神の浪費であるという気持が残っている。いや、それほどではないにしろ、遊びと所謂《いわゆる》勉強とを並べてみると、遊びには消極的な価値しかおかれていないのだ。

今はそれほどではあるまいが、その昔、ぼくが小学生である頃、所謂、良妻賢母といわれる母親たちは子供をできるだけ机にむかわせることを教育と考えていたようだし、また机にむかって教科書ばかりニラんでいる子供が「ヨイ子」といわれたものである。

日本人の中には儒教の影響かどうか知らぬが、禁欲をしたり、苦しみ努力することを善と考え、たのしむこと、遊ぶことを悪と考える気分がまだ残っているのではあるまいか。

大学を出て、ぼくなど十年ちかくになるが近頃、気づく事が一つある。それは、その昔教科書にばかりカジリついていた人間の中には立派な人もいるが、また、まことにツマらぬ人もいるという事だ。久しぶりに会って一緒に飯を食っていても何か面白くない。面白くないというのは彼の世界がまことに小さくて、好奇心がないからである。一方、そのむかし、ジャズに熱中していた男、ダンスに夢中だった奴、こうした所謂イカレポンチだった中にもくだらぬ男になり下った者もいるが、思いがけぬほど立派になった者もいる。話をしてみると、彼はそのダンスに熱中している内に、次第にそのダンスから人間修業をしていたらしいのだ。遊びは彼にとって、ある人にとっての読書と同じような身を磨く方法にもなったのだろう。

ぼくの恩師の佐藤朔教授はよく授業中、こう言われたものだ。「君たちはもし、身にうちこめるものが一つあるなら、それでよい。恋愛でもいい、ジャズでもいい、身をうちこめるもの一つあれば、学校を休んでも結構だ。何もせず、何にも好奇心をもたずブラブラとするのが、一番いけないのだ」

この言葉をぼくは今でも思いだして、なるほどと思っている、世の中には苦しみながら学ぶという道もあるが、また楽しみつつ学ぶ道があってもよいはずだ。どちらがヨク、どちらが悪いともいえぬ。

一人の療養詩人——詩と視と死と

この夭折した詩人の死後出版された遺稿詩集のあと書きの中で堀辰雄氏は次の様に書かれています。

「私が野村英夫と相識ったのは昭和十年夏頃のことで信濃追分に於てであるが、その時、彼はまだ中学を卒業したばかりであった。立原道造や津村信夫などの追分の仲間では彼は最年少者だったので野村少年と愛称されて皆に親しまれていた。たとえば皆で山の中にポオタブルを携えて草の上に寝ころびながら音楽でも聞こうというとき、いつもレコードをかける役は野村少年と決っていた、といった具合であった」

ぼくは勿論、その牧歌的な雰囲気に浸っている頃の氏を知りません。ぼくが彼をはじめて見たのは、戦後二、三年たっての中野の氏の家ででした。既に病が咽喉まで侵していて一寸《ちよつと》でも出歩くと発熱するという状態でしたから、ぼくの記憶にあるのは、コールテンのズボンの上に灰色のジャケットを着て、幾分くるしそうに壁に靠《もた》れたまま、低い嗄れた声で話している、あるいはベッドによこたわったまま、病人用の書見台にフランシス・ジャムの詩集をジッと凝視している彼でした。従ってぼくが、この夭折した詩人のことを思う時は、まひるの追分高原の叢《くさむら》の上で清冽な光線を注がれている少年ではなく、晩秋の黄昏《たそがれ》の、もう暗くなった部屋の中で、病気と死との苦患《くげん》にジッと耐えている詩人の姿だったのです。ぼくを彼に紹介してくれたのはYという男でしたが、その男は野村氏がなくなるしばらく前に自殺をしました。自殺をする三日前、別れを告げる為だったのでしょう、渋谷の珈琲店にぼくを呼びだした彼に、何も知らずぼくは「野村さん、体、急に悪くなったらしいな」と云いました。

「そうかな」と彼は蒼白い顔をなぜか突然うつむけて呟きました。「誰も死んでいく時代さ。君は生き残れよ」

そうした思い出が未だに生々しく残っている為か、今日でもこの夭折した詩人の詩集をうち開く時、ぼくはどうしても初期のリリカルな詩よりは、死の翳が投影している幾つかの晩年の詩列に目を注いでしまうのです。

野村氏は「四季派」の詩人たちの後輩であり、亦その世界の中で育ったのですが、彼の生は見ようによっては亦、何と病に伏したり倒れたりした先輩たちの生と同じ軌跡を描いていることでしょう。彼が最も敬愛した師、堀辰雄氏もその頃、追分で病に伏していられましたし、亦、既に先輩の立原道造氏や津村信夫氏が若くしてなくなっています。彼も亦、これらの詩人たちと同じ苦しい運命を与えられたのですが、その病気にたちむかう姿勢には先輩詩人たちと共通した類比《アナロジア》を持っているのです。

その姿勢、つまりこの詩人が病気やそれから来る死の不安をいかに受けとめたかを考えるためには、あの「風立ちぬ」という堀辰雄の詩小説を思いだすに若《し》くはありませぬ。この小説の主人公も亦、詩人です。詩人である以上、彼は見ることを学ばねばならぬ。だがいかにして詩人は見ることを学ぶのか。

胸を病んだ婚約者を伴って、彼は未だ冬の終わらぬ万物蕭条《しょうじょう》としたサナトリュウムに赴きます。サナトリュウムとは、いわば死が絶えず、そこに生きている、そして我々の日常性から不純な夾雑物《きょうざつぶつ》の一切を拭って、その死を直視する世界にほかなりませぬ。節子の病床につきそいながら、この詩人の眼は次第に死に親しんでいきます。一方、節子も亦、愛する者のため、自分の生命を引きかえに、死を通して生を眺めることを彼に教えるわけです。

かつて「風立ちぬ、いざ生きめやも」という詩句をまひるの光の中で捉えるにすぎなかった彼の詩人としての未成熟な眼は、この死の世界を抜けることによって、あたらしく成長していくわけです。かつて彼は死を恐れ、それから眼をそらしていた。しかし、もう今は、死をまともに見つめることが出きるようになった。そしてその詩人としての仕事は、節子の死後、彼が、冬の高原の「死のかげの谷」の中で孤独な生を養っている時、やっと完成するのです。

詩と視と死——堀辰雄氏が「風立ちぬ」でとりあげたこの主題を野村英夫も亦、自分の病のなかから摂取しようと試みています。

これが人生の掟めだらうか?
棒杭を引きながらゆく家畜たちのやうに
また足枷を鳴しながらゆく足取りのやうに
刻まれた思ひ出のなかで
新な愛するものに微笑むのが
鏬割れた紅茶茶碗で
その唇を濡すやうに
不安のなかにその思ひ出を祕めるのが
さうしてそれらの苦しみと不安とに
耐へなければならないのが?

「これが人生の」と題されたこの詩から誰が、あの高原の野の光のなかで、先輩たちに愛され、童話風な世界を自分の周囲に築きあげている野村少年を思いうかべられましょうか。既に病は殆ど絶望的な状態にまで彼を追いこんでいました。恐らく彼は自分の生命が残り少いことを知っていたと思います。そしてこの詩人は、この運命の最後を利して、生の真の相貌を「視《み》よう」としたのです。事実、この詩がふくまれている「花嫁の冠」と初期の「孔雀の羽で」とに、各々、収められた詩題をくらべあわせる時、ぼく達は彼の詩風の変化をはっきりと気づくことができます。「孔雀の羽で」のなかには「四月の始め」「祈禱」「寄宿舎」「戀する夜」「夕暮」など、いかにも初期の野村少年好みの世界が鏤められているわけです。けれども、晩年の「花嫁の冠」には「死者と生者の」「死」「死が」「忘恩」「心のなかの石段を」「地に落ちた聖體」など、自分に課せられた苦渋な運命と十字架とを凝視する詩がふくまれています。詩風も亦「孔雀の羽で」での軽快さは全く見られませぬ。ある悲痛な響きと荘重な調子とがそこに漂っているのです。

死

このやうに死人達が多いのに
人は何故死について思はないのだらうか？
街かどをゆく人達の群れのやうに
私は今、死人達の群れを思つてみる。
死人達が街かどをゆかないとは
誰れが言へるだらうか？
此の花のす枯れるだらうときやつて來るだらう死
これらの木の葉の枯れ盡きるだらうときやつて來る死
さうして此の幸福の立ち去るだらうときやつて來るだらう死
これらの多くの眼なざしのやうな死を
人は何故思はないのだらうか？

こうして死は詩人の彼にとって、生をときあかす鍵となったのです。ここで、彼はあの詩と視と死という詩人の営みにはいったように思われます。すべてのさりげない事物も――たとえば夕暮に窓辺に靠《もた》れて歌っている少女の歌とか、古びた鳩時計の音とか、罅《ひび》われた珈琲茶碗などが今は、この死の世界のなかで、新しい意味を彼に語りかけるのです。

けれども、この彼の世界には危険な誘惑が伴っていたように思われます。「花嫁の冠」の中で、彼はあまりに死を親しみすぎた為に、殆ど死者たちの世界から生者の世界を、この傷ついた者たちを慰め、いたわる姿勢をとっているのです。一つ一つ詩例をあげることは避けますが、この生者としての位置の放棄は、「それとも、それは」とか「夢みる」というような詩のなかに、いつの間にか出ているわけです。

その過失はながい病におかされた者なら当然、理解できる過失なのです。当時、まだ、氏の病苦を理解することのできなかったぼくは、この詩人から、そうした詩句を示された時、ある不安と懼《おそ》れとをかくすことができませんでした。人は、死者となることは容易《やさ》しい。難いのは生者であろうと試みることだと、ぼくは考えたのでした。けれどもそれから数年たって、自分が同じように病に倒れた時、はじめて、この死者の世界から生者をみる誘惑が病者にとって、どれ程、強いかを知りました。発熱と肉体の衰弱は多くの場合、ぼく等をある諦念にいざなうのです。自分の運命をにない生きる決意よりも、生者の世界を俯《ふ》瞰《かん》させる立場に追いこむのです。死を恐れるよりは死に溶けこむのです。既に病気が殆ど絶望的だった野村氏の場合は、この誘惑は更に烈しかったと思われます。

カトリックだった野村氏はこの諦念が一見宗教的な救済に似ながら（死者と生者という語はその諦念とカトリシスムとを混同した線から生れています）、実は、それが信仰者として一つの躓きであることを知りました。カトリック者であればある程、いかに彼の生がもはや絶望的であっても、生きる決意をもち続けねばならぬ。死者の列から離れて生者の列に加わらねばならぬ。詩人として死を視ることは死になじむことではなく、死を恐れつつ直視することだと考えたのです。「死が」という詩は、その彼の懸命な生への決意を歌っています。

死が生の窓であり休らひであることは
またそれが異邦人達の誘ひと
休らひであることは
お前に憎み拒めるだらうか
死が愛するものの眼なざしを
手に奪ひ取るためにも
お前は死を怖れ憎まねばならない
さうしてやがてお前の體が
白い死衣に包まれる時まで
お前は死を忘れねばならない

「さうしてやがてお前の體が　白い死衣に包まれる時まで　お前は死を忘れねばならない」。死を忘れねばならぬとは死から眼をそむけるという意味ではありませぬ。ともすれば死者の世界にねむろうとする憔悴したわが生命に鞭うって、最後まで生への決意をあらたにすることなのです。

　野村英夫の詩が今日ぼくたちの心をうつ一つは、その苦渋な運命と病とのなかから彼が時としては躓きながらも、しかしその時に夕映のように赫《かがや》いたこの生命への決意です。ぼく等はそこにこの長い病患に喘ぎながら、最後まで生者の運命を棄てず、しかも死をみつめることによって詩と視と死を調和せしめた一詩人の姿をみることができるのです。

山川方夫氏のこと

正直な話、今の気持としては山川君のことに触れたくないのである。それは私だけではなく彼を知っていた者の誰しもの共通した感情であると思う。こんないい男がなぜ、残酷な死にあわねばならなかったか、これから可愛い奥さんと幸福な生活を送ろうとし、その小説も脂がのってきた一人の友人に襲いかかったあまりにも暗い不幸をどう解釈してよいのか――我々は途方にくれ、その意味を摑みかねているのだ。何かに怒りたい。怒鳴りたい。しかし何に怒っていいのかわからぬ気持である。

山川君はその日、原稿を東京に送ったあと郵便局で葉書をかい、自宅近くの横断歩道を渡った。向うから小型四輪トラックがみえたので葉書をふりながら、横断していることを教えた。しかしこのトラックの運転手はわき見をしていたそうである。のみならずブレーキのあまい車だった。山川君の事故はこうして起ったのである。

たんなる事故というには余りにひどすぎる。我々は一人の小説家が小説家になるまでどんなに苦労し、才能をみがかねばならぬか知っているから、そんな有為な小説家を軽々しく殺してもらいたくはなかった。

十ヵ月前、山川君は可愛い婚約者をつれて拙宅にみえられた。いつもははしゃいでいても何処か淋しそうな彼が、その日は心の底から嬉しそうで、近くヒルトン・ホテルで挙げる結婚式に司会をやってくれないかと言った。私はもちろん快諾した。

新妻になるお嬢さんは聖心をこの間出られた可愛い人で、山川君のそばにニコニコと腰かけていた。二人が帰られたあと、私と妻とはあのお嬢さんは誰もがその幸福を願うような人だね、と話しあったのを憶えている。世の中にはどんな男でもこの娘さんは一生、幸福であってほしいなあと思うような、純で素直な女性がいるものだ。山川君の婚約者は私たちにはそう見えたのである。

結婚式の日、私は一生懸命、司会をやり、山川君も悦《よろこ》んでくれた。その後、ある家で山川君のはしゃいでいる姿を見たが、そのはしゃぎの大半はすべて新妻のノロケというべきもので友人たちは彼をからかったり、ひやかしたりしながら、山川君の幸福を祝福したのである。彼の小説にもあたらしい生活への悦びが歌われるようになり、またその短篇がライフ誌に掲載されたりした。なにもかもが山川君はうまく運んでいると、我々は信じていた。

事故の日、病院に駆けつけた模様はとても辛く、筆にできない。これが足や手の骨折ならまだどんなに良かったろう。ビッコになっても生きていてほしかった。しかし、小説家にとって致命傷の頭がやられていたのである。

山川君は小説家としてだけではなく、編集者としての才能も豊かな人だった。彼が江藤淳氏や田久保英夫氏や坂上弘氏と三田文學をやっていた時、我々はまだ、文壇に入る前だったが、そうした無名の新人の中から彼は曾野綾子、松村剛、服部達などを次々と発掘し、彼等に舞台を与えた。あの頃の三田文學は三田文學の歴史のうちで、もっともフレッシュでピチピチしていた季節であったように私たちは思っている。

交通事故をなくせなどと言っても、事故を引き起こすような運転手は、我々の言うことを聞いてくれないだろう。しかし、あなたたちが遺族や友人にどんな苦しみ、悲しみをひき起こしたかを一度だけでも考えてほしい。それはやはり殺人という犯罪だ。意識的であれ、無意識的であれ、殺人という最も恐ろしい犯罪だ。

（二月二十六日）

曾野綾子――もっと泣きベソ顔を

曾野さんに会うたび、いつも困るのはその呼び名である。彼女はぼくの友人、三浦朱門の奥さんだから、「奥さん」と呼ぶべきか、それとも同業者の一人としてペン・ネーム通り「曾野さん」と言う方がよいのか、一瞬考えこんでしまう。曾野さんは、本名三浦知壽子だから時には「チーコさん、元気かね」と三浦に言ってしまうことがある。

曾野さんは普通ジャーナリズムから才女といわれているが、これは彼女にとって迷惑な話だろう。男だって「お前は才子だね」といわれてムクれない奴はよほどのマヌケだからである。彼女にあってみると、キチンとした聡明な夫人という気がするのであって才女と感じるはずがない。

曾野さんは一日に必ず原稿を三枚は書くそうである。締切りも遅れたことがないらしい。彼女の言によるとこれは母校の聖心女子学院の教育のためだそうだ。聖心というのは東京、芝、白金にあるカトリック系の女子大学で廊下に塵一つなく、万事が清潔にして秩序ある雰囲気が漂っている。ここの先生にきくと曾野さんは開校以来の優等生だったそうだ。生活のメドをはっきりつけ、無駄を嫌う彼女の性格はそのデビュー作である有名な「遠来の客たち」から「黎明」に至るまではっきりとあらわれている。

　だがそんな聡明な夫人にだって神はすべての才能を与えませんでした。まず彼女の方向オンチと運動神経のなさ。これは平生から三浦が嘆いていることで、ぼくも一度、彼女たちと八王子ちかくで山登りをしたが、高い崖をおりようとした時の曾野さんの蒼白な顔とヘッピリ腰をいまでも忘れることはできない。背の君の三浦に救いを求めつつまさに半泣きだったのである。曾野さんの小説は実にうまい。サワリをちゃんと心得ている。その点同じカトリック信者としても作家としても減点だらけのぼくは、あの時の彼女の泣きベソ顔を思い出しては、リューインをさげることにしている。いや、あの顔はとっても少女のようで可愛かった。だからぼくは彼女がほかの面でも聡明な面だけではなく、泣きベソ顔をもっとしてくれたらなあと時々、思うわけだ。

遺旅の地——芝木好子さんの描いた風景

芝木好子さんの小説のなかで、世にも美しい湖のある場所があって、実際、そこを訪れたものは、二度とその風景を忘れられないと書いてあった。

私はその場所は何処であろうと無遠慮にもたずねてみた。

「行けばわかりますよ」

芝木さんの返答は曖昧ではっきりとしないままで終わった。

言葉をにごした彼女は、しかし私に問いつめるように、

「人間には最後の旅ってあるんです」

やがて私は芝木さんの描いた湖の旅にぶつかるが、それは敢えて言うならば、遺書ならぬ遺旅だったろう。

それを最後に、作者は人生の思い出の地を旅し、味わい、見つめ、去って行く。

文字通り遺旅なのである。

この遺旅の地を幾度か探索した私は、芝木さんが、どのような思いで森を見、湖を見、湖のほとりの村を歩かれたか、わかるような気がした。人間にとって最後の旅とはどんなものかを知るためには、何処を歩けばいいか、実感をもって知った。

私は今、芝木さんにとって、何処から何処までが最後の旅であったかを、具体的に言うことができるし、そのコース、その風景の一つ一つを具体的に語ることもできる。

それは私にとっても、色々なものを掘り返しているような道のりだった。何か心の奥底に鍬を入れて掘っているような、そのような気がした。

場所は賤ヶ岳の山麓、琵琶湖の北に位置する。

人に言われて、改めてその風景を見直すということがある。

確かにその一帯は前から好きだったところだった。湖東とも言うべき場所だが、次の村にどう行くのか、わからなかった。要するに不可解な道のりと場所が、私の心を惹いたのかもしれない。

私は何も知らずにこの深い森によってさえぎられた道をたどった。

案内してくれた人が言った。

「芝木さんが、最後の旅をされたところです」

「最後の旅？」

「ええ」

そう言われれば、この道は、道というよりは底という感じである。

確かにこの場所は、琵琶湖の一部にちがいないのだが、湖の大きいパノラマ的な風景からは全く隔絶された、独得の風景をもっていた。

長い間、船もここまでは入って来ず、たどるのに、まっとうな道さえなかった。

私がやっと探し当てた時は、折しも晩秋の午後のことで、灰色の光の下に、その場所全体が潜んでいるように見えた。

かつてこのような風景をどこかで見たような気がしたが、そう、それは私がノルウェイを訪れた時であった。その時と同じような高さの丘、同じような光、すべてが私に北欧の風景を思い出させる。

いや、それだけではない。私は北欧の小説のなかでも、ここと同じ風景描写を読んだ気がする。時々、その風景を現実に見た時のことを今でも思い出すことがある。

芝木好子さんに最初におめにかかったのはいつだったろうか。

記憶をたどれば、それは「沈黙」が文学賞の選考の対象になった二十数年前のことだった。

芝木さんは私にそこで、日本語の使い方、日本語の不自然でない扱い方を指摘し、この作品がそれに価する旨を話された。

「他の作品ならば、こうした文体は無理な翻訳調になるのだが、あなたの作品では、何もかもが、本文ととけあっています。嘘がない」

そういう褒め方をしていただいた。

私にとっては手の届かぬ大先輩が、しきりと「沈黙」を、文体の上から、翻訳できる文章として評価してくださったのがうれしかった。というのは、私が作品を書きながら苦心し、常に心がけた点でもあるからだ。

私が面映ゆくなるぐらいこの「沈黙」を激賞してくださり、それ以後も何かと私に目をかけてくださった。

文壇の選考会は「福田家」を中心に、大小の料亭で開催される。

選考対象になった作家や批評家は、少し早めに選考会場に行き、質問の相手になるのが普通だが、そのなかでおそろしいのが、谷崎潤一郎賞だと思っている。

芥川賞のような新人の賞なら兎も角、其の他の中堅どころの賞、例えば野間文芸賞のような賞ではそれぞれに、無言の駆け引きが、出版社や候補者の上にのしかかる。言いようのない圧迫感である。

突然、芝木さんは我々の前から姿を消された。少なくとも私にとっては、「突然」という言葉があてはまっていた。

「芝木さん、どうされましたか？」

「さあ、お見かけしませんね」

それから三ヵ月ほど経て、芝木好子さんの訃報が伝えられてきた。

粉雪が舞い、地面が白く凍《い》てついているような感じの日だったと思う。

私はその後も、芝木さんの遺旅とも思う地を訪れた。

森は枯れ、葉が落ちて湖に面していた。

「ああ、あの方も、去《い》ってしまわれた」

というのが、私の実感であった。

芝木さんの秘密の場所は、一人の作家が姿を消すのにふさわしいような森だった。

人間にとって、最後の旅とはどのようなものか、何処を歩けばいいか、わかるような気がした。

小説のなかで、芝木さんはこの森を使われている。森の中にある小さな旅館を訪ねてみた。そこは泊まり客が年に三人か四人ほどらしい。

旅人もそんな旅館に泊まって、翌日、又、姿を消すのである。

彼女が人生から姿を消したように。

そこへ行った私は、しかし何故か、此処が私にとって最後の森という気がしなかった。

私は、今年はまだ死なないなと思ったのである。

その直感が当たったのか、私はその年を生き延びた。心身共にかなりの危機にあったけれども。

V

心苦しい善意

かつて学生のころ北仏のある町で仏人家庭の世話になったことがある。大変、心のやさしい人たちばかりで、その上、熱心なカトリック信者だった。私は三ヵ月ほどその家庭にいたが、やがてそこを去る時、さすがに悲しい気持がしたものである。

しかし、私はそのころ小説家を志していたから、毎日、部屋にこもってなにかを書くまねをしたり、本をよんだりしていた。

ある日のことだった。その家庭の主婦が私の部屋に来て、色々と不足はないか、満足しているかといつものようにやさしくたずねてくれた後、ふと机上の本をみて顔をしかめた。そして私を諭すように、この本は教会で禁じられている小説だ。お前はまだ仏蘭西《フランス》をよく知らぬかもしれぬが、仏蘭西にはそれはそれはワルい本もあるよ、こんな本は読まぬほうがよいと言う。

机の上にあったのはジイドの本だった。ジイドを読むのは小説家を志す身には勉強のつもりだったが、しかし相手は親切にこちらのためを思ってやめろと言ってくれたのだからその気持を傷つけたくはない。私は本を彼等の眼につかぬように読んだ。

私はまたサドの本をかってきた。ジイドでもいけないのだからサドの本がみつかれば今度はどう夫人を心配させるかわからない。相手が善意であればあるほど、自分の立場や考えを説明しにくくなる。私は心苦しく、毎日を悪いことでもしているように、ひそかに夫人や子供の眼をかすめて読書をした経験がある。

話はちがうが、私の家では最近、お手伝さんを募集した。人にたのんでも結局は首を横にふられるだけであるから、家人は新聞広告の求人欄に小さな広告をだした。すると、五、六人の人から電話がかかってきた。その大半は年寄りの人か、あるいは家政婦をやっていた人である。中には電話で当方には子供が一人いると聞いただけで、ではダメですと向うから断る中年女性もいた。

ところがその五、六人のなかにたった一人、二十歳で非常に真面目そうな娘さんがいた。家人が面接した結果、この人ならばというわけで、早速、翌週から家に泊ってもらうことになった。

少し、暗そうな影があったが、しかし頭のよい娘さんで来た日からよく働いてくれる。だがほとんど笑わない。商売がら、電話が多いがその応対も鮮かで外出から帰ると、ちゃんとメモにS社の○○様、K社の××様より電話と書いてある。

「これは助かる。字もうまいし、それによく出版社の名をまちがえずに書けるなあ」

と私は本当に感心してしまった。

どこか暗い影があったが彼女はよく働き、暇には本ばかり読んでいる。それも週刊誌や婦人雑誌ではない。なにか固い本である。

ある日、私が茶の間を通ろうとすると、彼女は読んでいた本をかくすようにした。私は自分の時間に本を読むのは悪いことじゃないのに、なぜかくすのかといらだたしく思った。

二週間たったがこの娘さんは笑わない。私は冗談を言うのが好きだから食卓ではよく家族を笑わすのだが、彼女だけあまり笑ってくれない。まだこの家になれないのかとも思った。

私も学生時代、よその家にあずけられたことがあるから、他家にいる気がね、遠慮は多少はわかっているつもりだ。わかっているつもりだから彼女の気をときほぐそうとして、食卓で笑わせようとするのだが、どうも笑ってくれない。なぜ、そんな時彼女は少し当惑したような哀しい表情をするのかわからない。

「君は美空ひばりは好き？」

「きらいです」

「映画なんか、よく行く？」

「あたしはミケランジェロ・アントニオーニの映画が好きです」

ある日、私が茶の間に行くと、そこに彼女が今まで読んでいたらしい一冊の本がおいてあった。ふとみると、英国の労働運動の本だ。私は彼女が非常に向学心がある娘だなと思って、その夜、こんな話をもちかけた。

「今の大学は通信教育があるから、君もそこに入ったらどうかな。他の大学なら知らないが、三田なら先輩、友人がいるから話してもいいよ」

それから私は少し真面目になって通信教育でも夏のサマー・スクーリングさえ出れば学士になれること、沢山の女性が行っていることを説明した。

「ええ」

しかし彼女は暗い顔をしてうつむいている。「あたし、別に行きたくありません」

今から考えると滑稽な話だった。というのは一ヵ月後、突然、暇をもらいたいと家人に言いだした彼女が、初めて自分の身の上を打明けたからだ。本当は某大学の女子学生であり、アルバイトのため募集に応じたが、本当のことを話せば採ってもらえぬから黙っていたのだと言う。のみならず彼女は学生運動に加わっているので、四月の新入生獲得のため準備しなければならぬ。お宅には不満はないが、こういう事情だから暇をもらいたいとのことだった。

仕事部屋にいる私にも手紙がきた。

「もし興味をお持ちならば」と彼女は書いていた。「私は現在、全学連を僭称《せんしょう》している革共同黒寛派に対立する者であることをつけ加えておきます。そして今七月には私達の組織する強固の全学連が再建されるであろうことも。勿論、共産党ではありません。共産党の時代錯誤、権力追従主義は私にとって唾棄すべきものであり……」

私は彼女のあまり笑わなかった顔を思いだし、また私に自分の本を見せまいとした動作を思いだした。かつて彼女と同じ年頃同じ学生だった私は戦争のなかであまり笑えず、本も人に見られまいとしたこと、仏人の家でも同じ経験をしたことを考えた。今の私は彼女の眼からみれば憎むべき反動作家にちがいない。だから私が食卓で彼女を笑わそうとした時、反動作家のために笑うことは彼女も苦しかったにちがいないし、私が彼女に通信教育をうけることをすすめた時も、彼女は戸惑ったにちがいない。こういう心苦しさは――十年前、私が仏人家庭で一方的な親切と友情で接せられれば接せられるほど当惑したあの感情に似ていたにちがいない。

気胸

ぼくは四年前に外国で胸をやられた。最初はかるい浸潤だったものが、一年もしない内に空洞となってしまった。今でも一週に一度、大学病院に通って気胸をやっている。気胸というのは、化学療法が進歩した現在、あまりやらないようだが、畳針ほどの太い針を胸につきさして空気を送り、肺をつぶして空洞をちぢめるという治療法である。肋骨を切りとる手術に比べれば年期もかかるし危険もあるが、まだ楽なので、続けてもらっているわけだ。

気胸をやった日はさすがに息ぐるしく、少し仕事をしてもすぐ、ぐったりとしてしまう。毎週、月曜日に病院にかよう。待合室でまちながら、患者の話声をきいている。この病院では初診者は、自分の病状をインターンに告げ、一応、それを記録してもらってから大先生の診断をうけるということになっている。

大学病院だから患者のおおむねは健康保険を使う人たちである。ズボンのまるくなったサラリーマン、子供をおぶった主婦、彼等は不安そうに自分の自覚症状をほそぼそと述べている。

「先生、熱はないんです。痰も咳もでないんですから」彼等のおおむねは自分の病状をできるだけ、軽くいおうとする。ぼくにはこの人たちの気持がよくわかるのだ。化学療法は進歩したが結核はまだまだ、なおりにくい病気なのだ。うっかりすると職を失い、生ける屍のような状態で何年も何年もベッドにねていなければならない。その不安と心配から彼等は眼をつむりたいのである。自分だけは大したことはない、それを他人にもいいきかせ自身にも納得したいのである。

　日本の大学病院は、患者の気をめいらせるような暗い壁、暗い建物が多い。病人たちはこの建物にはいっただけで、気が重くなりオドオドとするのだ。可哀想に彼等は先生や看護婦に、しつこく、しつこく、治療法をたずねる。忙しい看護婦や若い医者のなかにはごくまれだが実にツッけんどんな返事をする人がある。

「ねえ、この薬、一日、三回って書いてありますけど、何時と何時に飲めばいいんでしょう」

　看護婦の中にはだまって、そっぽむく方がいる。頭のわるい奴、何と手間のかかる奴と思っているにちがいない。

ぼくはそんな医者や看護婦をみると、彼等の多忙な疲れた気持もよくわかるのだが、一言、「ええ、食事のあとで飲めばいいんですよ」とやさしく答えてあげてほしいと、いつも思うのだ。あなたたちの一寸《ちよつと》したやさしい言葉使い、身ぶりは、ひょっとするとストレプトマイシンより患者の病気をよくするかもしれないのだから。

ある癩病院の思い出

この頃、ぼくは、自分自身がイヤでくるしくてたまらない時、何故かフトあの癩《らい》病院のことを思います。富士山麓に小さな癩病院のあるのを御存知ですか。すぐれた哲学者であった岩下壮一神父が一生を投げうって、気の毒な人たちの為にたてられた病院です。子供のとき、ぼくは突然この病院からお礼状を頂いたことがあります。その頃、ある人からこの病院の話をきき、又気の毒な病気の人たちのくるしみを聴かされ、ぼくは子供心にも辛く、自分の僅かな貯金をその人を通して送ってもらった事があったのです。今でも覚えていますがその時、ぼくは泪《なみだ》を眼にうかべたほどでした。現在、自分の穢らしさがつくづく厭《いとわ》しくなるとき、ぼくはぼくにさえもそんな一瞬があったことをかけがえない程、うれしく思えるのです。青年になって、ぼくは故辻野久憲の、「天と地のあわひ」という此の病院を訪れたときの記録をよんだことがあります。

ぼくがあの癩病院に行ったのは決してぼく自身の意志ではありませんでした。ぼくが学生時代の一時期にいた寮は、やはり岩下神父のつくられたものであり、そういう関係上、年に一度寮生があの癩病院に行くならわしになっていました。もとよりそれは各自の自由意志によるものでしたけれども、ある日、寮生たちから誘われたとき、ぼくは承諾の返事をあたえてしまいました。しかし当時十九歳のぼくは実はそこにいくのが、たまらなく恐ろしく又イヤでさえありました。そのとき、ぼくは拳闘をやっていて、練習中、手に傷をつくっていたのです。もし此の傷からあの恐ろしい黴菌《ばいきん》がはいったら、よし、そうでなくともあの北條民雄の「いのちの初夜」の風景はぼくを慄然とさせるのに充分でした。

　今でも覚えていますが細かな霧雨のふる午後、ぼくは友だち五、六人に交り実に屠所にひかれる羊のような思いで御殿場線にのったのでした。車中、ぼくは自分の知っている限りのあらゆる癩知識を反芻していました。「発病までには二十年だからな、空気伝染はしないそうだが、一度体に侵入すればもう駄目だぞ」

　鉛のように曇った空の下をバスでゆられた時もうぼくは此処から帰ろうかとさえ思っていました。しかし、なりゆき上、遂に夕暮ちかく、幾棟かの病舎が樹だちの中にくろぐろと浮び上っている病院につきました。消毒薬の匂いがもう、ぼくの鼻をつき、胸を破りました。

　その日は別棟の来客たちのための家にとまりました。「貴方たちが来られるというので」

と、看護婦さんが言うのでした。「軽症患者がお米を背負いに出かけたのですよ」それなのにぼくは食事も通らず明日の嫌な予感に悩まされていました。

その夜、ぼくたちは患者たちのために即興劇をこころみる計画でした。ぼくが何をやったか覚えていません。病院の小さな講堂に集ったくずれた顔と顔、禿げあがった頭、バセドウ氏病のように飛び出た眼、歪んだ唇、男かと思えばメリンスの着物をきた少女もいました。盲目となって黒眼鏡をかけた患者も多いのです。慄然、肌に粟を生じる光景でした。ぼくが彼等の吐いた息を吸い、呼吸を同じくしていると考えるだけでもイヤなことでした。勿論ぼくの心に憐み、同情がわかなかったわけではありません。しかしそうしたものが人間同志の間で如何にはかないものであったでしょう。

重苦しい一夜があけました。ぼくはその朝ミサにあずかったら早々、此処を出立する気持でした。寝床の中でチャペルから響く鐘の音をききました。

チャペルは病棟にほど遠からぬ建物にあります。病院訪問者たちは丁度、コーラス台のような、ひと目で階下の御堂全体を見渡せる二階に跪《ひざまず》きました。ぼくらの前には厚い硝子があり患者たちを外部の一切のものから遮断しています。真実ここは地の果ではありませぬか。くずれゆく肉体、永遠にあけぬ夜、苦悩につづく死、希望もない夢もない昼と夜の連続……手をこまねき、ぼくははじめて孤独というものの真の姿をみた思いでした。

跪ける患者は軽症者です。しかし彼等はやがて、今、彼のそばに身をよこたえている者たちのように追いつめられ、喘ぎ、死なねばならぬ。彼等の苦患が業火のようにたちのぼり、硝子を通してぼくの胸に訴えてきました。もう昨夜のような恐怖は感じていませんでした。ぼくの心を一杯にしたのは、何かわからぬ悲しみでした。しかしぼくはともかく彼等から離れ、厚い硝子にかこまれた二階にいる存在です。そのような者の悲しみが彼等にとって一体、何でありましたでしょう。


聖体拝受《コンミニィオン》がきました。軽症者たちは孤《ひと》りで跪き台まで行くのではありませんでした。彼等は一人一人、重患者を背負ったり、肩と肩とをたすけ合って歩きだしたのです。よろめきながら、いたわりながら、彼等の行列はつづきました。嗄れた声で歌っていました。

われら深き淵より主に叫びたてまつる。

一人の若い司祭が彼等の爛れた一つ一つの口にあの白い〈主の肉体〉を拝受させていきます。それをまつ者たちが歌いつづけていました。

われら深き淵より主に叫び……

この頃、ぼくは何故かフト、あの思い出をよびさまします。ぼくの耳にはあの患者の声が聞えるようです。そしてその時、ぼくは彼等のその悲痛な声がもはや、彼等の声ではない。かつての彼等を嫌厭し恐れたほどに、現在自分自身に悶えおののいているぼくの、我と我身の叫びであるような気がするのです……。

ブロンドの風の吹く頃

一度でも、仏蘭西のリヨン市に冬を送った人は、あの三月の終り頃に、何ヵ月ぶりで見る空の碧さに目をみはります。十月の終り、マロニエの枯葉が時雨《しぐれ》に黄ばみ、よごれながら歩道に散り滅びる頃から、リヨンは、くる日もくる日も、古綿のような重くるしい雲の下に閉じこめられます。どの家もかたくなに鎧戸《よろいど》を閉じ、暮れ方から、きまってこの街をつつむ黄濁色の霧のなかで、ただ街灯だけが青くうるんでともるのです。旅人は孤り、寒い部屋の机の上で何度もトランプのカードをひっくりかえしたり、たえ間なく屋根をうつ霙《みぞれ》の音にジッと耳を傾けます。

リヨンの冬は何と長いことか。そして、何と暗く陰鬱なことか、夜ふけて下宿の屋根裏部屋で震えながら、ぼくは幾度も書物から眼をあげ、あかるい、光溢れた地中海や南欧のことを夢みたのでした。

そんな日のある朝、目をさましたぼくはベッドの上から鎧戸を洩れる陽の光が、いつもよりは、もっと金色にふれ動いているのに気がつきました。恐る恐る窓にちかづいた時、ぼくは目の前に碧い、余りに碧い空が、無限に拡っているのを見ました。昨日まで、色あせ、くすぶっていた家々をもその空の青さにしみ渡ると思われる程でした。鳩たちも勇ましく羽ばたきしながら、ひそんでいた煙突から飛びおりて、パン屑をまく老婆たちの周りに群っています。

　リヨンの春は駆足でやって来ました。フルビエールの丘から見おろすと、遠いサボアの地平線には、まだ真白なアルプスとモンブラン峰がまるで地球の歯のように見透せる日も多くなりました。黄昏《たそがれ》になると、そこだけ夕陽の微光に輝く空のなかで、それらの峰々は薔薇《ばら》色《いろ》に、金色に、それから蒼ざめていきます。けれども山々の雪も解けたのでしょう。街を貫くリヨン河の水量もめっきり増えてきました。もう黴《かび》くさい書物なんか放りだして、僕は春の光をたのしむことに夢中でした。

　河べりの像やマロニエの樹々は、一日、一日と、淡紅色の、みどりの若芽の幕に覆われていきました。冬中は雪に埋れていた公園の噴水も陽の光にきらめきながら、噴きあげました。そのまわりには、日なたぼっこをする老夫婦や、編物をしながら、ペチャ、クチャとしゃべりあう婦人たち、叫び声をあげながら、ローラ・スケートをしている金髪の少年たちで溢れていました。

けれども、リヨンが、一番美しいのは五月なのです。なぜなら、この街は、薔薇の匂いでとじこめられるからです。クロワ・ルースやフルビエールのふるいひっそりした屋敷街の、どの館の塀にも壁にも、真紅の純白の薔薇の花が咲き乱れるのです。

五月のある日、ぼくは大学の講義が終ると一寸、廻り路をして、これら、ふるい、静まりかえった路を歩いていました。まひるの陽の光は、白く赫《かがや》いた路の上へ褐色の塀の影をクッキリとおとしていました。薔薇のつよい色と、その匂いとのなかで、ぼくは少し眩暈《めまい》さえ感じはじめました。ときどき、その熟れた光のなかから洋傘を持った修道女があらわれたり、一匹の黒猫がゆっくりと路を横切ったりしました……。

その時、ぼくは突然、それら、一つの塀の壁に、四角な金属板がはめこまれているのをみました。リヨンのブルジョワの館々では居住者の表札にこのような銅板を使うことが多いのです。けれども、この金属板に書かれた文字は、それとは全く違ったものでした。

此処に、独逸秘密警察《ゲシュタポ》は
佛人を拷問せり。

ひそやかな路の静まりのなかで、ぼくはしばらくの間、ジッと、その文字を凝視していました。

塀の端には、十八世紀風の装飾門がついていました。そっと、それを押すと、門は鈍い軋んだ音をたてて開きました。左手は大きな納屋になっており、その納屋に投げだされてあった手押車のなかから、先程の黒猫がとびおりて走っていきました。

そこから、館の正面だけが見えました。海鼠色《なまこいろ》の壁には、鎧戸をかたくなに、とざした四つの窓がむいていました。コトという音もしませんでした。館はながいこと廃屋になったまま、見捨られている。そんな感じさえしてきました。

それなのに、館につづく、余り広くもない苑には、薔薇の花だけが一杯に咲き乱れていました。一本の大きな古樹が、小路をふさいで倒れていたのですが、そこにも薔薇の茨はからみついていました。

突然ぼくは、何処かで、館のとざされた窓の内部の何処かで、女の悲鳴を聞いたような気がしました。もう一度、耳をすましましたがもう、針一つ落ちる音はしませんでした。

ぼくは納屋のなかを覗きました。そこは清潔に片づけられていましたが、なんのためか地面に一つの鋸《のこぎり》が落ちていました。先程、黒猫のかくれていた手押車のなかに、小さな鳥の骨をみつけました。

納屋のなかでふたたび、布を引き裂くような声をききました。声はたしかに窓のなかから聞えたのです。それは、なにか呻きか悲鳴のような声でした。

ふたたび、ひっそりとした廃苑の静寂さのなかで、ぼくは釘づけになったようにたちつくしていました。だが、それっきりでした。戦争が終ってもう、十年ちかくなるのに、まだ拷問をされた男の悲鳴や号泣が、きこえるはずはありません。けれども、それならば、今しがた聞いたドス黒い声は何なのでしょう。

内門を押して、ふたたび外に出た時まひるの路は先程とおなじように白く赫き、その上に褐色の壁は濃い影を落していました。そして真紅の、純白の薔薇の葩《はな》は、壁に塀に目もさめるような色彩りで咲き乱れていました。すべて、それら眩しい光のきらめきのなかで、今、聞いたばかりの声も幻聴だった気さえしてきます。しかしぼくが、もう一度、その館のその塀をふりかえってみた時、やっぱり、あの銅板の文字は消えてはいませんでした。

此処に、独逸秘密警察《ゲシュタポ》は
佛人を拷問せり。

待合室・旅籠・街の灯

三十歳にもなる年ごろなのに、ぼくはなぜか、夜の駅をみることが大好きである。別にその駅から汽車に乗って旅をしなくてもよい。ただ、一枚の入場券をかって、待合室に旅行者と一緒にすわり、みしらぬ彼等の話や表情をながめ、それから発車を告げるアナウンスの淋しげな声、汽車の蒸気の音、それらに耳を傾けるだけで充分なのだ。

外国にいたころ、リヨンにながい間住んでいた。夏がくると、親しくしていた学友たちは、みな行李《こうり》をまとめて帰省してしまう。ひろい、うつろな寄宿舎のなかで、異国人のぼくは、ただ一人、部屋にとじこもり、ながい夏の陽が落ちるのをじっと待っていたものだ。黄昏がおとずれると、下宿をでて、裏町の料理屋で寂しい晩飯をたべ、それから、公園で軍楽隊をきいたり、時には、キャフェのテラスにすわり、一杯のマルチニイ酒を前にして、何時間も何時間も歩道をあるく人の群をながめ、街路樹の大きな鈴かけが、ときどき、乾いた葉音をたてるのを耳傾けながら、退屈な時間をつぶしたものだった。

そんな時、夜がふけてから、リヨンのペラッユ駅にでかけ、プラットホームのベンチにすわって、ただ、なんということなく汽車がとまり、そしてかなしげな汽笛をならして出ていくのをみていた。

プラットホームの暗い柱のかげに別れを惜しむ若いこいびとたちが、しっかりと抱きあって囁きあっている。

……手紙をくれるでしょうね、ジャン。

女はいかにも愛しいという風情で相手の眼にも頰にもくりかえして、くちづけをする。男の方はこうした旅によって、永久にこの女と別れようと思っているのに、彼女はまだそれをしらないのだ。

やがて、どこかの町から、みじかい手紙が女にくるかもしれない。そんないかにも仏蘭西人ごのみの一寸した想像まで起させてくれるほど、プラットホームの舞台は恰好なものだった。仏蘭西の駅では、発車のベルがならない。ただ、遠くから「御乗車くださぁい」という駅員の声がきこえ、それから突然汽車はうごきだすのである。

あかるい車内の灯が、眼の前をかすめて通りすぎる。一瞬、あみだなに鞄をあげている老婦人や、窓に顔を押しあて、思いつめたような表情で、去っていくのをながめていく青年の顔、手をふっているちいさな子供、それから真白な服をきた乗務員、それらが一時に見えたと思うまもなく、もう遠くにいってしまう、あの瞬間をゆっくりたのしむことも、ぼくは大好きだった。

もはや、これらのひとたちとぼくは人生のどこかで会うことはないだろう。会ったとしてもお互に知りあうことも絶対にないのである。仏蘭西の国でひとりの日本人がふとすれちがっただけの人々。にもかかわらず、その頃のぼくにはこれらの人たちが、たまらなく貴重な思い出となることを知っていた。

旅の愁といえば、外国のみしらぬ田舎町の駅で、乗りかえのため、真夜中、ひとりぼっちで汽車をまっているのも、たまらなく寂しいものである。

町の灯は駅前の一軒の旅籠屋《はたごや》をのぞいてはすっかり消えている。旅籠屋の入口だけにＨＯＴＥＬとかいた憐れなネオンと、それから夜どおし坐っている門番の老人だけが、ねむらずに起きているのだ。

汽車がくるまで、一時間もある。改札口はまだあいていない。ふるびたトランクを地面におろし、それに腰をかけて、旅籠屋の灯をみつめている。もしお金があるなら、ここに泊って、あしたの朝、汽車にのってもいいのだ。どうしようとぼくはためらう。門番の老人はあくびをしながら膝においた猫の背をなんどもなぜてやっている。客はひとりも来ない。時々、酔っぱらいのだみ声が真暗な町の路地のどこかからきこえ、それから女のたかい笑い声がひびいたりする。

一瞬、旅籠屋の窓に灯がつき、すぐ、それが消えてしまうこともある。あそこに泊っているのは旅商人だろうか、いや寝床のなかで、明日の売上げのことを思っているのかもしれない。そんなことまでぼくはぼんやり考えてしまう。あの門番の猫をなぜている老人には妻や孫がいるのだろうか。だが、あの年になってもああして働かねばならないのなら、ひょっとしたら妻子に死に別れた孤独な男かもしれないのだ。給金はいくらだろう。冬になるとリューマチになやみ、足をひきずってこのホテルまで通うのかもしれない。

　こんな仏蘭西の旅籠屋の部屋はきまってカビ臭く、ふるい時代遅れのベッドとアルモワールと大きな鏡とがおいてあるものである。ベッドのマットはスプリングがゆるみ、うつろに凹んでいる。灰色の壁紙には、夏の泊り客の仕業だろう、潰された蚊の死骸と黒ずんだ手の痕などでよごれているのである。

　しめっぽいベッドに身をよこたえて闇のなかで眼をつむっていると、だれが、ぼくの前にこの寝床でねたのだろうと考えることがある。あるエゴイストの青年が、この田舎町のうぶな娘をつれて、ここに泊った、そういうすじ書きもなかなかいいではないか。娘はベッドの端に腰かけていつまでも泣いている。青年は窓によりそい、不機嫌に自分の将来のみじめさを考え、ひそかにこの娘を憎みながら、駅の灯をみつめている。

そうしたさまざまの想像や思い出もやがて翌朝、リヨンにかえると、もうすっかり忘れてしまっている。沼のしずかな水底に沈んでいく枯葉のように、輪廓もなくなり色彩もぼやけて記憶のどこかにしまいこまれてしまうのだ。

けれども、それらは不意に、全く思いがけない時に、ある重たさと匂いとを伴って甦ってくるのだ。たとえば――

たとえば冬の黄昏に、ぼくはリヨンのフルビエールの丘から街にくだっていったことがある。なまり色の空の、銀色に笹ぶちどられた雲が、ひくく、重くうかんでいる。下に、リヨンの街が一面に拡っているのだった。その時、リヨンの街は本当にかなしげな顔をしていた。雲間をわれる、かすかな冬の夕陽に映えながら、それら無数の甍《いらか》や、黒い教会の尖塔や、それから工場のゆるやかな煙突の煙などの背後に、ここに住む人間たちの人生の悲しみが一つの色彩のように迫ってきたのだった。その時、突然、ぼくはあの真夜中のホテルの老人のこと、彼がなぜていた猫のこと、旅籠屋の湿ったベッドの臭い、動いていく汽車のあかるい窓にかいま見た老婦人やこいびとや青年の顔を眼の前にはっきりと見たのだった。そして彼等、ゆきずりの異国人が一瞬、すれちがったこれら無数の人々はこのリヨンのかなしげな顔に混じ、なにか、ぼくのまだ摑めぬもの、やがて摑まねばならぬ苦しい叫びを訴えていることがわかったのだった……。

解説——「愛の行為」に触れる

今井真理

「ぼくが見つけた〝愛〟の真理というのは、苦しみが人間のあいだにあるからこそ、人間の愛は生まれるということです」(『男感覚　女感覚の知り方』)

遠藤周作には代表作『沈黙』『侍』などの純文学とよばれる小説をはじめ、『狐狸庵閑話』などのユーモアあふれるエッセイ、「評論」「日記」「戯曲」「対談」など多くのジャンルがある。そのなかで、「恋愛論」が実はとても多いことはあまり知られていない。一部を挙げてみる。『ぐうたら愛情学』『恋することと愛すること』『自分をどう愛するか』『愛と人生をめぐる言葉』『ひとりを愛し続ける本』『恋愛とは何か』『愛情セミナー』『愛と人生をめぐる断想』『愛する勇気が湧いてくる本』など、エッセイや、小説、評論からの抜粋もある。そのほか『プレイボーイの人生相談』(共著)など、読者の相談にこたえたものもある。

「愛」について語るのは、「背中にジンマシンが発生するような恥ずかしさ」にとらわれると遠藤周作はいうが、いうまでもなく遠藤文学にとって「愛すること」の意味は大きい。それでは作品のなかで作家は「愛の行為」をどのように描いたのだろうか。

　そのひとつの手法《ヒント》は「掌」であり、「手を握ること」である。

「苦しみについて」というエッセイがある。そこには作家の長い入院生活の一部が語られている。入院中、隣の病室から、うめき声が聞こえてきた。それが手術後の痛みであることは容易に想像がつく。遠藤周作の病室を訪れた看護婦は、隣の患者は肺癌で痛み止めも効かないと顔を曇らせた。ある時、その声が少しずつ収まってきたという。苦しむ患者の痛みを癒したのはたったひとつの行為であった。

　それは「手を握ること」――である。看護婦は、身の回りの世話はできても患者の命を救うことはできない。その患者のためにできるただひとつの行為が、手を握ることだった。なぜ、手を握ることが、薬でも収まらなかった痛みを和らげることになるのか。それは彼らの仕事のひとつにすぎなかったかもしれない。しかし、その掌をとおして、病人の痛みを遠ざけたのである。遠藤自身、術後苦しんでいる時に看護婦が手を握ると、苦しみがひいていったことがあるという。その時にわかったことについて次のように述べている。

「手を握られているということはもう一人の人が私と苦しみを分ちあっているような気を与えるのである。すべての苦痛には苦痛だけではなく、必ず孤独感というものがつきまとっている。

まるで自分だけが全世界の中で一人ぽっちでこの苦しみを味わっているような実感がその時、伴うのである。（略）そんな時、もう一人、自分の苦しみを手を握ることによって分ちあってくれる人がいるという気持は、苦痛からこの孤独感を追い払うのである」

　ある時は、病に苦しむ夫の手を握る若い妻の姿も作者の心をとらえた。「葡萄」や「秋の日記」でもその姿は描かれている。病室では夫の死が近づいてくるなか、妻は病人に覆いかぶさるようにしながらその手を握った。

「私の心を強く衝《つ》いたのは彼女が夫の手を固く握りしめていたことである。夫の手を握りしめることによって彼女が死をあと数日にひかえた彼の苦悩を共に背負おうとしていたことである」

　若い夫婦が「手を握る」姿はやがて人と人の連帯感だけではなく遠藤周作のイエス像につながっていく。後に発表された『死海のほとり』に描かれた一人の男、「アルパヨ」を私たちは思い出す。アルパヨもまた一人熱病に苦しんでいた。彼のいる小屋には肉親さえ寄りつかない。その彼のもとに「あの人」がやってくる。

「「そばにいる。あなたは一人ではない」あの人が彼の手を握ってくれると、苦しみはふしぎに少しずつ減っていくような気がした」

　病室で手を握る若い妻のように、「あの人」もまた「人々のそばにいつもいる」という。描かれたイエス像がより身近になるのは、この姿に在るのではないだろうか。アルパヨは病気から快復した。しかし、多くの病人は手を握られても死んでいく。病気の時だけではない。私たちはなにか苦しい時、その苦しみがたった一人、自分だけのもので、誰もわかってくれないことに絶望する時がある。だからこそ、たったひとつできること、「手を握ること」には意味がある。それは間違いなく「愛」の表現であり、それは「愛の行為」となる。

そして、遠藤周作が示す「愛の行為」を思う時、心に残る場面がもうひとつある。一九八一年から八二年にかけて発表された『女の一生　二部・サチ子の場合』の次のシーンである。

舞台はアウシュヴィッツの収容所。ある日、捕虜の脱走が発覚した。一人の脱走者が見つからなければ、見せしめのため同じ宿舎の十人の囚人たちが処刑される。炎天下、処刑される十人の選別が行われた。その夜、指名を免れた囚人たちは窓に寄り添い、十人が連行された飢餓室のある棟を見つめていた。そして、心のなかで、ナチの将校が次々と処刑者を指さしていった時のあの光景を反芻していた。

彼らはあの時、確かに自分のことだけを考えていた。自分だけは処刑を免れたい、指をささないでくれ、誰かほかの人をさしてくれと、それだけを念じていたのである。やがて、ナチの将校が一人の男を指さす。男は声をあげ、「女房と……子に……会いたい」と泣いた。誰もが自分が指名を逃れたと安堵したその時、彼らは「私をその男のかわりに」といった見知らぬ男の声を聞く。眼鏡をかけたひ弱そうな一人の男。その男はマディとよばれた神父である。このモデルが実際にナチに対してこの様な行動をとったマキシミリアノ・コルベ神父であることはいうまでもない。ナチに指名された男には子供がいる、だが、自分には誰もいない、だから自分を彼のかわりに処刑してほしいと神父は言った。囚人たちは、その男がなぜこのような行為をしたのかわからない。もしそれを「愛の行為」とよぶなら、自分とは無縁の行為であり、できるはずもない、と思ったに違いない。

　この場面に登場する若い囚人、ヘンリックは初めて収容所に着いた時、神父にこう頼んでいた。「あんたの神様に祈ってくれ」自分が何とか生き残れるようにと。神父は青年にこう答えた。

「愛がここにないならば愛を作らねば」

　ヘンリックにはその意味がわからない。「俺はあんたじゃない」、平凡な男だ、と彼は叫んだ。そして、その愛の行為を自分に押しつけないでくれとさえ思った。しかし、神父が命を絶たれてから何日か経ったある日のことだった。彼と寝起きを共にしていた囚人が倒れたその時、彼はやがて死んでいくその囚人に、一日にたった一個しか与えられない自分のパンを譲るのである。それは、看護婦が病人の手を握ったように、そして末期癌の夫の手を握り、彼の辛さを分かちあおうとした妻のように、たとえその苦しみを取り除くことはできなくても、一人の人間が精いっぱいできること、「愛の行為」そのものであった。そして、そこにあるのはまぎれもなく遠藤文学の根幹となる「悲しみの連帯」「同伴者」の姿なのである。

本書に掲載された「現代誘惑論」は第一章から六章に分かれている。ここに描かれたものは主に青年時代に綴られたものであり、「愛」についての一節が繰り返し唱えられている。それは「愛」と「情熱」は異なる、という一点である。第一章から三章にかけて、ドン・ファンとカザノバを例に挙げ「本当の誘惑者とはなにか」を述べ、それ以降の章では自身が評論で何度も取り上げている「サド」の愛についてふれ、「情熱」をもつことには努力も忍耐も必要ではない、しかし「愛」とは「情熱の終わったところから始まる」と述べた。更に終章では「愛」の本質について、愛とは、「うすぎたない、この日常生活での人間的な営みであり、行為である」と記した後、こう続けた。

「うすぎたない日常生活をつづけることは忍耐がいる。努力がいる。しかしその忍耐と努力の後に、我々はドン・ファンや誘惑者たちが遂にたどりつけなかったもの、彼等が摑もうとして摑めなかったもの——一人の女性と生涯生きつづけたという営みを果たしうるのだ。（略）情熱のように目だたず、地味で、ひそかではあるが、一人の人間との「つながり」を生涯、断ちきらなかったこと以外に我々が愛とよぶものがあろうか」

精神分析学者であるエーリッヒ・フロムは「愛することは技術である」と述べたが、遠藤周作もまた、愛するということは、やさしい、危険のない行為ではない、「愛」を生むためには努力が必要と説く。私たちは、友人にしろ、恋人にしろ、妻にしろ、誰かを愛する時、その相手をほとんど傷つけてしまう。しかし、作者の示す「愛」とは、ほんの少しの我慢や苦しみ、そして悲しみを乗り越えた向こうにはじめて存在するということである。

また、今回の作品集のなかには読者の心を打つ一篇「無名のヴァイオリニスト」がある。遠藤周作にとって「母」が大きな影響をあたえたことは既に多くの人々が指摘している。それはやがて遠藤作品の「母なるもの」、「同伴者イエス」となっていく。

この一篇は遠藤周作、というより遠藤少年にとっての母の姿を綴ったものである。ヴァイオリニストの母は聖なるものを目指し、常に高き目標に向かっていく存在であった。いわば「生活」ではなく「人生」を生きた人であった。子供の頃、思い出すのは母がヴァイオリンを手に、少しでも上手くいかないと一時間でも二時間でも繰り返し練習していた姿であった。そして、入浴の際見た母の腕は少年に強いインパクトをあたえた。練習で鍛え上げられた太い左腕を見た少年は思わずヴァイオリンを習いたいという。「およしなさい」と笑う母にせがみ、少年はヴァイオリンに挑む。しかし、母の激しいレッスンに耐えきれずわずか三ヵ月で音を上げてしまう。ヴァイオリニストにはなれなかった少年は「小説家になってしまった」のである。

「しかしもし、小説家にしてくれたものがあるとすれば、それは無名のヴァイオリニストであった母の、毎日、毎日の勉強であり、その単調な練習の生活をみながら、ぼくが子供心にも感じた芸術のむつかしさ、困難、きびしさは今日、ぼくが自分の小説のことを考える時、いつも心に甦ってくる」と述べ、生涯一度も演奏会を開くことができなかった母へ、息子はこう綴った。

「母は遂に無名のヴァイオリニストとして死んでしまった。一度もその演奏を人にきかせたことはない。しかし、ぼくだけは母が死ぬまで、そのたえざる勉強と努力とをそばで見ていたのである。たとえ一度も演奏会を開かなくても、彼女はいかにも芸術家らしい芸術家だったような気がする」

その他、数篇のエッセイのなかには、第三の新人と呼ばれた仲間、吉行淳之介や、安岡章太郎たちとの病床での付き合いや、様々な交友関係も綴られている。特に、遠藤周作にとって大切な人であるカトリック詩人・野村英夫について語られた作品「一人の療養詩人」は、遠藤ファンにとっては見逃せない一作である。作家・遠藤周作が最初期に書いた評論「神々と神と」の冒頭に「Ｎ宛に」とあるが、それはこの野村に宛てた書簡形式のものである。慶應大学在学中、友人をとおして知り合った六歳年上の野村は、堀辰雄のもとで詩作に励み、カトリックの文学者として遠藤周作の同志でもあった。「死は詩人の彼にとって、生をときあかす鍵となった」と記すこの一篇は、わずか三十一歳で亡くなった野村への忘れがたい想いが綴られた作品である。また、交通事故により早く逝った作家、山川方夫についての一篇もある。

病人の不安や心配に心を寄せた「気胸」、遠藤文学のジャンルのひとつでもある「日記」、なかでも「狐狸庵日乗」などについてふれた「私の日記」、フランス留学時代のリヨンの思い出が描かれた「ブロンドの風の吹く頃」も印象深い。なお、「私の愛誦詩」の原題は「私の愛誦詩十二選」（「婦人生活」）である。おそらく十二回にわたって連載されたものと思われるが、今回編集段階で「私の愛誦詩」と題した。

本年三月、遠藤周作は生誕百年を迎えた。遠藤周作文学館のある長崎市をはじめ、各所の文学館で「生誕百年」の記念展が行われる。この記念の年に単行本未収録作品を中心に、遠藤周作の「愛」についての一冊が刊行され、世界のどこかで続く戦禍のなか、もう一度「愛」について考えることは意味がある。

本書の刊行には多くの方々のご協力があった。掲載にご協力いただいた遠藤家に心より御礼申し上げます。元「三田文學」編集長・加藤宗哉氏には様々な点からご教示いただき、あらためて感謝申し上げます。杉本佳奈学芸員には資料の調査にご協力いただき、深謝いたします。また、長崎市遠藤周作文学館をはじめ、町田市民文学館ことばらんどなど、各文学館には様々な資料をご提供いただきました。深く感謝申し上げます。最後に、本書を企画、刊行いただいた河出書房新社編集部・太田美穂氏に御礼申し上げます。

初出一覧

現代誘惑論——「新世代」一九六三年四月号〜九月号（八月号から「世代'63」に誌名変更）　学習研究社

交際と恋愛の処方箋——「若人」一九五八年九月号　学燈社

二つの危険——「婦人倶楽部」一九五六年七月号　講談社

友情と恋愛——「知性」一九五六年十一月号　河出書房

私の愛誦詩「恋のうた」——「婦人生活」一九五八年十一月号　婦人生活社

（掲載時「私の愛誦詩十二選「恋のうた」」）

私の愛誦詩「鎮静剤」——「婦人生活」一九五八年八月号　婦人生活社

（掲載時「私の愛誦詩十二選「鎮静剤」」）

女と電話——「二人自身」一九六三年十一月号　光文社

もう遅い、手遅れだ——「文芸朝日」一九六五年四月号　朝日新聞社

浮気十戒——「週刊明星」一九六〇年五月十五日号　集英社

夫婦喧嘩——「潮」一九六四年八月号　潮出版社

夫婦喧嘩礼讃——「婦人生活」一九六〇年十二月号　婦人生活社

浦島太郎と読書——「郵政」一九六二年六月号　郵政弘済会

〝以上〟——「旅」一九六七年八月号　日本交通公社

父親という実感——「母の友」一九五九年四月号　福音館書店

ホテルの小さなボーイさん——「小学館の幼稚園」一九六七年五月号　小学館

無名のヴァイオリニスト——「音楽芸術」一九六〇年六月号　音楽之友社

ロビンヌ夫人——「労働文化」一九六八年六月号　労働文化社

病床交友記——「群像」一九六〇年十月号　講談社

私の日記――「新潮」一九六四年二月号　新潮社

佐藤先生の弟子――「藝文研究」一九六七年二月　第二十三号　慶應義塾大学藝文学会

遊ぶことも人間を豊かにします――「知性」一九五七年九月号　知性社

一人の療養詩人――「短歌」一九五四年九月号　角川書店

山川方夫氏のこと――「婦人之友」一九六五年四月号　婦人之友社

曾野綾子――「週刊明星」一九五八年九月二十一日号　集英社

遺旅の地――「THIS IS 読売」一九九五年六月号　読売新聞社

心苦しい善意――「新潮」一九六三年五月号　新潮社

気胸――「生活と文学」一九五五年十二月号　百合出版

ある癩病院の思い出――「教育と社会」一九五〇年一月号　印刷庁

ブロンドの風の吹く頃――「旅」一九五四年五月号　日本交通公社

待合室・旅籠・街の灯――「旅」一九五五年十一月号　日本交通公社

◎表記について

一．旧字で書かれたものは新字に、歴史的仮名遣いで書かれたものは現代仮名遣いに改めました。

一．誤字・脱字と認められるものは正しましたが、いちがいに誤用と認められない場合はそのままとしました。

一．読みやすさを優先し、読みにくい漢字に適宜振り仮名をつけました。

一．作品中、今日の人権意識に照らして不適切と思われる語句や表現がありますが、作品執筆時の時代背景や作品の文学性、また著者が故人であることを考慮し、原文のままとしました。

遠藤周作（えんどう　しゅうさく）
一九二三年、東京生まれ。幼年期を旧満州大連で過ごす。神戸に帰国後、十二歳でカトリックの洗礼を受ける。慶應義塾大学仏文科卒業。五〇年から五三年までフランスに留学。一貫して日本の精神風土とキリスト教の問題を追究する一方、ユーモア小説や歴史小説、戯曲、「狐狸庵もの」と称される軽妙洒脱なエッセイなど、多岐にわたる旺盛な執筆活動を続けた。五五年「白い人」で芥川賞、五八年『海と毒薬』で新潮社文学賞、毎日出版文化賞、六六年『沈黙』で谷崎潤一郎賞、七九年『キリストの誕生』で読売文学賞、八〇年『侍』で野間文芸賞、九四年『深い河』で毎日芸術賞、九五年文化勲章受章。九六年、逝去。

現代誘惑論　遠藤周作初期エッセイ

二〇二三年七月二〇日　初版印刷
二〇二三年七月三〇日　初版発行

著　者　遠藤周作
装　幀　鈴木成一デザイン室
発行者　小野寺優
発行所　株式会社河出書房新社
〒一五一－〇〇五一
東京都渋谷区千駄ヶ谷二－三二－二
電話　〇三－三四〇四－一二〇一（営業）
　　　〇三－三四〇四－八六一一（編集）
https://www.kawade.co.jp/

印　刷　株式会社亨有堂印刷所
製　本　小泉製本株式会社

Printed in Japan　ISBN978-4-309-03118-7
落丁本・乱丁本はお取り替えいたします。